U0924078

むかしのあじ

昔日的味道

〔日〕池波正太郎 著

金晖 译

南海出版公司

新经典文化股份有限公司
www.readinglife.com
出 品

目录

序

《昔日的味道》是从昭和[①]五十六年一月开始在《小说新潮》杂志上刊登的为期两年的连载。从那时起，一晃约莫六年就过去了。

这期间，社会发生了翻天覆地的转变。在这本书里登场的店家也一定有了各自的变化。

这本书原本也不是什么“美食地图”，只是讲述了一些与我过去的生活及回忆相关的食物和店铺而已。因此，请不要拿着这本书按图索骥，对此我概不负责。

不过，在撰写这部书稿之时，我又去重新取材，如实地

---

①日本天皇年号，从 1926 年 12 月 25 日至 1989 年 1 月 7 日。

写下了一切。

京都“初音”面馆的那对老夫妇不知如今是否依然健在……

现在，我的体质已经接受不了酒精了，也没有力气去四处搜寻美味了。

我提醒自己每天只摄取少量食物，时刻保持一点空腹感。这样对身体是最好的。到国外旅行时，我通常也只吃七分饱。

总之，食物和人类的生活有着密不可分的联系。

六年后的今天，当我重新读到这本小书时，不由得顿生怀念之情。

昭和六十三年夏 池波正太郎

香煎猪排和咖喱饭

——日本桥「泰明轩」

这几年，东京的法国餐厅如雨后春笋般激增。

这些餐厅提供的并不是明治时期以来我们吃惯了的那种所谓的日式西餐，而是一种全新的口味。年轻人在法国学习厨艺后，纷纷开设了自己的店面，提供味道纯正的法国料理。

然而他们并非经过十年、十五年的苦心钻研，而是一股脑地涌到国外，经过短期填鸭式的学习，回国之后立刻就开了店。

不过，并非所有的人都如此。在心灵手巧的日本年轻人当中，如今也有不少人对法国料理充满了热情和理想。

“去过以后，觉得味道都还不错啊！”我的一位年过五旬的朋友说。

“不错是不错，可是这帮年轻人做的菜都是一个味道啊。你不觉得吗？”

“唔……”

“我还是觉得以前常去的西餐厅好吃，起码不会吃腻。”

新式的法国料理店未免开得太多，有些“竞争过度”的感觉。

如今这个时代，能从这种竞争中脱颖而出保留下来的餐馆恐怕必须经过岁月的洗礼，是件很难的事。

然而，在东京的日式西餐厅中鼎鼎有名、位于日本桥的“泰明轩”，据说明年（昭和五十六年）就要迎来创立五十周年了。

第一任老板茂出木心护已于前年六月去世了。听说他在临终之际把长子雅章叫到身边，当着家人的面留下遗言：“今后你必须加倍努力工作。要是做到了，除了老婆，就算有别的女人也没关系。”

“真不愧是老爷子啊！”

我的一位朋友是泰明轩的拥趸，他对此侃侃而谈。

我第一次吃到泰明轩的西餐还是四十多年前的事情了。

小学一毕业，我就成了一名证券行的职员，在前辈的带领下去过泰明轩。当年的泰明轩还是家小店，位于日本桥的

茂出木心护像

新川。身材瘦削、略带神经质的年轻老板和他那位可爱的妻子拼命努力地经营着这家店铺——他们就是茂出木夫妇。

那时我吃的是香煎猪排和咖喱饭。

现在，香煎猪排的名字正从西餐厅的菜单上逐渐淡出。但二战前，那可是日式西餐里的经典菜式。

上好的猪里脊肉经过精心煎制后，浇上各个餐馆拿手的酱汁。

这道菜看上去简单，但是根据选用猪肉的良莠以及煎制火候的不同，味道会有天差地别。

后来，泰明轩把店面搬到了现在东急百货店的后街，几年前经过改造，变成了一家装修十分气派的餐厅。

如今,这家店以前任老板开创的“一口料理”而广受好评。两个大盘子里一共摆着十八个小碟，里面盛放着不同的小菜，用来搭配有名的拉面。

来到二楼一看，似乎有一大半的客人都点了这道菜。

然而说到看家菜，恐怕还是要数第一任老板以来就有的牛排、香煎猪排、各种奶汁烤菜和鱼虾料理吧。

将近晚饭时分，趁着客人尚未抵店时登上二楼，先来一份奶汁烤扇贝什么的。一杯日本酒下肚后，去世的前任老板仿佛从后厨中走来，跟我打招呼道："啊，欢迎光临！一会儿来份炸猪排怎么样？"

这家店的西餐搭配的并不是葡萄酒，而是日本酒，这点最深得我心。

上好的猪里脊肉切得薄薄的，炸得恰到好处，非常美味。用心煎制过的嫩猪肉口感好极了。牛排和它上面的厚培根片与日本酒和米饭搭配起来也很棒。

楼下的菜要比二楼的便宜。即便是在二楼，要是我想吃咖喱饭，也会点楼下那种便宜的，总觉得那才是以前的味道。

泰明轩的西餐保留着鼎盛时期的东京那种富足的生活状态。

那并非物质上的富裕，而是彼时生活在东京的人们心理上的那种满足感。

推开大门、踏入泰明轩的那一刻，从厨房里飘飘而来的香气让人感觉一切尽在不言中。

没错，那种香味来自牛油。

现在的西餐厅好像大部分都不使用牛油了。

用牛油炸的肉排，那种香气和咬下去的口感是无与伦比的。

此外还有配菜。

搭配鱼类和肉类的蔬菜等是重要的配角，可以为菜肴锦上添花。如果只是敷衍了事，会让这家店的格调降低一至两级。

泰明轩的第一任掌门人茂出木心护去世前两年，曾在某杂志举办的座谈会上谈到过配菜问题。当时他说过这样一番话："如果钻研心强，配菜应该每个月都有变化。吃炖牛肉，要是总用甜胡萝卜块、土豆块或者荷兰豆搭配可不行啊。客人下次去的时候，配菜要换成小个儿的肉馅圆白菜卷、香菇或者奶酪煎菜花什么的，每个月都得有变化啊。要是精益求精，简直每天都想换个花样。不过配菜切不可喧宾夺主。倘若把炖牛肉算作十分，配菜可不能占到八分。"

而且，近来的客人们对配菜鲜有兴趣，加之蔬菜价格大涨，店家也就渐渐马虎起来了吧。

"反正客人也会吃剩下，就算使用昂贵的食材精心烹制配菜也是浪费。"

前些天，我到法国乡下游览，有一天在沙特尔大教堂前的小餐馆里吃了一顿便宜的套餐。

套餐包括汤、煎小牛肉、面包、饭后甜品冰激凌以及咖啡，售价两千日元左右。

那顿饭的配菜是用豌豆、胡萝卜和洋葱炖的热汤，盛了满满一小锅，味道非常鲜美，而且别具一格，无论分量还是口味都让人以为是一道主菜，简直不输给小牛肉。法国这个国家自给自足的农业状况当下清晰可辨。

总之，食物改变着人们。

“把过去传统的东西保留下来可是件很难的事情啊！”茂出木心护曾对此深有感触。

现在，泰明轩的新掌门人是茂出木心护的长子雅章，不知他是否按照前任老板的遗言去做，“比以前加倍努力”了呢？

在我看来还相差很远。

来日方长，今后才是雅章大展身手的时候。

我希望他能把自己打磨成一个出色的男人。

* 泰明轩 东京都中央区日本桥一丁目十二番十号

电话：03（3271）2463-5

寿司——银座「新富寿司」

二战前，在东京的平民区，一片街道里既有荞麦面馆、西餐厅、理发店、梳头店和澡堂，又有蔬菜店和肉铺。要是在一个区里就能吃到天妇罗和鳗鱼，还有电影院和曲艺表演场，那么就用不着去别的地方，在一片街道、一个区内就能满足日常生活和娱乐的需要，所以我祖母他们那代人直到晚年哪儿都没去过。

祖母去世前有机会去京都游览过，不过正如我所写，在那之前，她还没有去过箱根以西的地方。

孩童时代，我很喜欢家里来客人。因为客人来了就会有外卖的寿司或者鳗鱼吃，而我也会跟着沾光。

外卖里点得最多的就是寿司了吧，因为寿司吃起来最方便。荞麦面要比寿司便宜，可是叫外卖的话面条容易发坨或凉掉。鳗鱼和西餐比寿司贵，吃起来还麻烦。吃寿司只要倒上茶水，拿出小碟子和酱油来，就能招待客人了。

不知何故，我从小就喜欢吃小斑鰶。

那时的寿司店很少像现在一样把鱼和贝类摆放在玻璃橱柜里，可以一边吃一边看厨师现场制作寿司。

客人要么在普通餐桌边，要么在小包间的桌子前坐下来，吃店家用盘子端过来的寿司。当然也可以根据喜好多点两个金枪鱼寿司，或者再来一个赤贝、两个乌贼寿司什么的。也有客人只点一份乌贼、金枪鱼和紫菜寿司卷就够了。

如果不说话，对方就会端出漂亮的寿司拼盘，不过种类可没有现在的多。

而且当时在东京，没有一个寿司能像现在这样，小小的饭团上面盖着一块厚厚的金枪鱼。

总的来说，寿司被捏成椭圆形，大小足可以用菜刀切成两块分给小孩子们吃。

如今，过去那些制作这种寿司的手艺人差不多都已经去世了吧。

江户末期卖寿司的人

从前，除夕夜里荞麦面馆自然十分忙碌[①]，而有些地方的寿司店也会张灯结彩地营业到天亮。

现在，寿司的样子变了，鱼贝也价格飞涨，时代在不断地飞速变迁。

人们的生活也随之改变了。当然，饮食生活、料理屋、餐厅甚至寿司店也“不得不变了”。

这几年，我已经无法喝酒喝到天亮，然后再回家写稿子了。一过五十，身体就经不起折腾了。

我大爱的那部电影试映时，我差不多每隔一天就会出门一趟。回来的路上心里惦记着去哪儿喝点小酒，填填肚子，可是距离饭馆傍晚开门还有大把时间。

此时，没有比去坐落在银座五丁目东街的“新富寿司”更方便的了。这家店和泰明轩一样，都是从晌午时分开门，一直营业到打烊。

从二战以后，我去新富寿司已有七八年了。

最早在二战前，当我还青春年少，在证券行工作的时候，

---

①日本人有在除夕夜吃荞麦面的习惯。

就经常到这家店来。

前几年，前任老板神山幸治郎在八十四岁高龄时去世了。

当年他也就四十出头吧,样子有点吓人。我那时年少轻狂，叼着根牙签什么的就去了。老板曾经对我说:“年纪轻轻的就这副德行，成何体统！”那个时代，不仅是他，年轻人会在各种各样的场合被各种各样的人教训。

新富寿司的前任老板希望客人能在自己的店里安安静静地吃一顿寿司。这种想法直到今天还影响着店里的气氛，没有客人吵闹，大家都在静悄悄地交谈、饮酒、吃寿司。

经常见面的客人们也会互相打招呼。

村田和伊东这两位师傅从前任老板还精力充沛时就在店里工作，已经分别干了三十五年和二十五年。他们两个人握出来的寿司完全继承了前任老板的遗风。

这两位手艺人正在辅佐现任老板，也就是前任老板的孙子。而且，现在这位年轻老板给人的印象也很好。

顺便说一句，前任老板的小女儿银子小姐嫁给了英年早逝的第四代中村时藏[①]传人，现在她已经是两个儿子的母亲

---

①日本歌舞伎艺名代代相传,艺名不变,只在前面加上“第 × 代”以示区别。此处中村时藏及后文提及猿之助、市村羽左卫门等皆如此。

了，长子是年轻的歌舞伎演员、第五代中村时藏，次子则以中村信二郎之名登台。也就是说，时藏和信二郎是时任老板的表弟。

我对这家店的寿司情有独钟，是因为生鱼片和米饭搭配得刚刚好，米饭煮得也很合我的胃口。

也就是说，很有过去的那种味道。

新富寿司对待客人究竟多有诚意呢？吃完寿司一结账马上就知道了。不，应该说懂的人自然会懂。

东街的店面如今因为改建，要把店铺临时搬到附近的三原小路去。店里的常客们曾经非常担心新富寿司是否会搬离银座一阵子。

临时店铺里虽然没有餐桌，但是寿司拼盘和散寿司都有。

而且店员们对第一次去的客人非常热情。这点作为旁观者都很清楚。

七八年前，当我时隔三十年再次踏入店门时，不用说，前任老板已经不记得我的长相了，因此我也是一名初次光临的客人。

从那时起直到现在，这家店对待客人的热情丝毫没有改变。

当我重新再去新富寿司吃饭时，前任老板已经把工作交给值得信赖的师傅们去做了。他自己则坐在收银台前，俨然变成了一位和蔼可亲的老人家。

前任老板是前年去世的。那之前大概两个月，店里忙得不可开交，我还曾见过他给师傅们帮忙卷紫菜寿司卷的身影，那手法确实让我觉得似曾相识。

不知是否因为外祖父对我宠爱有加，我对上了年纪的男性颇有好感。而我自己现在也已经过了外祖父去世时的年龄。

我很欣赏前任老板的风采，现在的新富寿司由他的弟弟喜代春帮忙经营。就连那位弟弟也已经是七十七岁的老人了。老人家的言谈举止透着一股过去的味道，让人怀旧。

近来见不到那位老人了，让我感到些许落寞。

无论如何，我都很喜欢寿司入口的那一刻生鱼片和米饭浑然一体的感觉。

忽视米饭的口感，只有厚厚的生鱼片就像羊羹一样充盈在口中，那种寿司我实在不能接受。

不过，现在那样的寿司有很多，喜欢那种寿司的人也多了起来。

人的爱好真是千差万别。

时代正在不停地变化，寿司的转变也是理所当然的吧。

这样也挺好。

总之，寿司作为一种食物，也能够清晰地反映出时代和人心，我觉得还是很有意思的。

* 新富寿司 东京都中央区银座五丁目九番十七号

电话：03（3571）3456

「松屋」的荞麦面

二战后，日本经历了数年前所未有的粮食危机。之前在海军时，我的体重从原先的六十公斤减少到四十二公斤。

当时我在政府部门工作，午饭自然是便当。

起初吃的是一种手工制作的用白薯粉蒸的类似面包的东西，三年以后便当盒里才总算见到了米饭。不过，如果不带上便当，仍旧无法在外面过上一整天。

不用再带着便当上班应该是从昭和二十五年左右开始的——自从可以吃上荞麦面开始。

一般而言，餐饮业的复兴起于荞麦面。

那时候人们的高兴劲和满心的自信就别提了，觉得这下没问题了，日本一定会复兴。

其结果暂且不说。和二战后的日本一样，几百年前，战国时代终结，江户幕府统一天下，迎来太平时代之时，虽说也有例外，但最早开启餐饮业的就是荞麦面。

彼时，朝鲜僧侣元珍刚巧来到奈良，他教人们在荞麦粉中掺入小麦粉以增加黏性，这就是作为面条出现的荞麦面的原型，它就是这样被带到日本的。

而这也为荞麦面风行奠定了基础。

当时，对二战后的日本而言，与其说大家对恢复餐饮业充满了感激，不如说人们肯定都对普及餐饮业带来的便利性而感到高兴。

不久之后，就连出门在外到旅店投宿，如果付钱，便能吃到店家提供的饭菜。而在那之前，客人通常都是借用旅店的炉灶，买来食物自己下厨解决吃饭问题。

相关书籍记载："荞麦不论土地丰瘠，经过一季七十五天即可成熟，是灾荒饥馑时的便宜之计。"

现代日本沉醉在一片繁荣之中，似乎和灾荒沾不上边，可是荞麦粉的三分之二都要依靠国外进口。

尽管如此，有段时期荞麦面还是被拉面抢了风头，令经营荞麦面馆的人担心"干不下去了"。不过，如今荞麦面又重

江户时代外出卖荞麦面的人

新回到了流行前沿，年轻的食客们也纷至沓来。

从孩童时代一直到二十岁之前，我并不是发自内心地喜欢荞麦面，去荞麦面馆只是出于习惯——源自幼时的习惯而已。以前，当我还是个孩子时，祖父和曾祖母在带我从澡堂回来的路上必定要去趟荞麦面馆。

我的父亲也是如此，可是母亲并不喜欢荞麦面。

小孩子们丝毫不会觉得蒸笼荞麦面和清汤荞麦面有什么好吃的，而是更喜欢咖喱饭和猪排饭。

不过荞麦面馆里也有一种小孩爱吃的面条，那就是咖喱南蛮荞麦面。

“怎么能把咖喱这种黏糊糊的东西浇在荞麦面上呢！”大正[①]末年，关西有人发明了咖喱南蛮荞麦面，听说他们在东京开店，向顾客提供这种食物时，引起了同行业者的愤慨。

昭和以后，这种面条变得相当流行。

直到现在，某些有名的荞麦面馆里仍然不卖咖喱南蛮荞麦面。

是非与否暂且不论，我经常光顾的那家位于神田须田町

---

①日本天皇年号，从 1912 年 7 月 30 日至 1926 年 12 月 25 日。

的“松屋”荞麦面馆的菜单上就有这道面条，而且还很美味。

要说美味，松屋的东西没有一样是不好吃的。

然而他们并没有偏离一个荞麦面馆的正轨。

因此，我感觉就像是来到了小时候大人们带我去过的那些荞麦面馆一样。

松屋保留着当年荞麦面馆的店铺格局，而且没有在战乱中遭到焚毁，这不由得让我想起了位于下谷竹町的那家“万盛庵”。

万盛庵是我的小学同班同学山城一之助家开的荞麦面馆，我的曾祖母对其赞不绝口，认为他家的荞麦面做得非常地道。

我一去山城家玩，他的母亲就会给我做烫荞麦面饼吃。

松屋也卖烫荞麦面饼。这种食物可以说是荞麦食品的原型，也会出现在菜单上。如果几个人提前预约，也能吃到粗荞麦面和柚子荞麦面。

以前不论什么时候到店里去都能吃到，后来由于订货、采购以及人手不足的问题，如果直接去店里点，基本上就很难吃到了。

松屋的粗荞麦面和柚子荞麦面，特别是粗荞麦面，让人感觉眼前看到的仿佛是一碗古时候江户的荞麦面，无论味道还是样子都无可挑剔。

而且这家店从上午十一点开门一直到晚上八点关门，中间一刻都不休息。对于像我这样的人真是太方便了。

听说松屋从明治初年就有了。大正十二年关东大地震中被烧毁后，由现在的小高家继续经营。

如今的老板小高登志为人稳重谦和，从来不在背地里诟病其他同行，默默地为到这条街上这家店里来的客人们制作荞麦面。

松屋的客人都是整日劳作的人。那种价格高昂、两三筷子就吃光了的高级荞麦面和这些人是无缘的。

一到吃饭的时候，店里就被这些客人塞得满满的。大部分人点的都是蒸笼荞麦面。客人多的馆子里，蒸笼荞麦面想必会很好吃吧。

像我这样的人到店里去时，会错开饭点，一边悠闲地喝着酒，一边欣赏有关日本的电视节目。

如今，餐饮业的经营变得异常困难。白天和夜晚有各自的营业时间，中间的时间段里，除了百货店的餐厅，没有饭馆做生意。这并非店家懈怠，而是有着各自的理由。

所以，像新富寿司和松屋这种散发着昔日味道的“老店”

尤为难得。

而且，只有在这种店里干活儿的人态度才很亲切。

“现如今，做出好吃的荞麦面可是个辛苦活儿，找到肯做这行的年轻人可不容易。”忘了是什么时候，手提旅行包准备外出的老板这样对我说过，“我这就去趟信州，把约好的人带来。”

不太清楚是不是这个原因，做外卖的荞麦面馆现在正变得越来越少了呢。

我记得从前还曾经有过比赛，送外卖的人单手提着或者肩膀上扛着十份、十五份荞麦面就来了，而且还骑着自行车。孩子们看到后都一起为他们鼓掌。

江户末期，有个年轻女人经营荞麦面馆，亲自送外卖。她干劲十足，赤膊送外卖时，后背露出手持阔斧的金太郎刺青，立刻轰动一时。

我曾经把这个故事写在短篇小说《金太郎荞麦面》里。

* 松屋 东京都千代田区神田须田町一丁目十三番

电话：03（3251）1556

小米善哉——神田「竹村」

以前我担任新国剧[1]的编剧和导演时，曾经先后为剧团里的两位明星辰巳柳太郎和岛田正吾制作剧本并指导演出。这两个人的性格和舞台风格迥异，相同点恐怕就是长年以来身体都很健康。

岛田化妆时会在梳妆台前坐上很久，极尽精心，而辰巳则在小孩子用的那种镜台前面，拿支笔三下两下就化完了。

岛田的酒量很大，辰巳的体质却无法饮酒。

哪怕在讨论下一出戏时，岛田也会没完没了地喝上一杯又一杯。要是换了辰巳，他就会把酒递给我，说“你自己喝吧”，

① 1917 年，演员泽田正二郎为演出新型国民戏剧而成立的剧团。

自己则大口大口地吃起点心来。

说到我自己，自然是爱酒的，不过偶尔觉得甜食也不错。

在大阪的新歌舞伎座排练时，喝完酒以后，我们有时也会顺便去法善寺横丁的“夫妇善哉”红豆圆子店。

辰巳柳太郎非常喜欢吃红豆圆子。

去过夫妇善哉之后，辰巳会买上十块点心带回住处，叫按摩师来按摩身子，然后再接着吃点心。

我们年轻的时候，好像自然而然地把友人分成了两个派别——推杯换盏的朋友和去红豆圆子店谈论电影、文学的朋友。

我能左右逢源也是因为我并不讨厌甜食的缘故吧。

我去的红豆圆子店离上班的地方不远，即位于日本桥的“梅村”和浅草奥山的“松邑”。我邀请酒友前去时，那人一脸轻蔑，好像快要吐出来一样，说：“你开什么玩笑！”

我还真以为爱喝酒的人不屑于吃甜食呢，但那其实也是年轻人好面子的缘故。也有朋友仿佛大吃一惊地说：“没想到喝了酒以后再吃红豆圆子竟然这么美味呀！”

那么，红豆圆子店是从什么时候开始吸引女孩子们去的呢？五六百年前的文献里似乎就出现过“红豆圆子”这个词了。

不过，招徕到普通客人，应该还是江户时代中期以后的事。

自古以来，男性客人似乎就不怎么光临红豆圆子店，但是临近江户时代末期时，这里却变成了年轻男女幽会的地方。

我目前正在写的系列作品《鬼平犯科帐》里有一篇《小雪的乳房》，其中就有负责抓捕、审判盗贼和纵火犯的木村忠吾和布袜店小姐幽会的场景。下面我摘抄一段：

> 说起那时……
>
> 负责抓捕、审判盗贼和纵火犯的木村忠吾趁布袜店的善四郎出门之际，把小雪叫到新堀端的龙宝寺门前，在一个叫松月庵的红豆圆子店里幽会。
>
> 当时的红豆圆子店类似于现代社会男女约会的咖啡馆，除了专门提供甜食外，据说有的也为男性客人预备酒水……木村忠吾早早就到了面向松月庵后院的小房间，一边忘情地吮吸着小雪的樱桃小口，一边把手伸进和服袖子摆弄着她那鼓胀的乳房。

江户时期的红豆圆子店并非全部如此，不过二战前东京的红豆圆子店不论店面结构还是摆放的器具都具有一种独特

江户的红豆圆子摊贩

的品位，而且女性客人较多，总觉得有种说不出来的脂粉气。

浅草奥山的松邑店面格局实在风雅，我曾在那里看到过两三回前任猿之助（即后来的猿翁、现任猿之助的祖父）独自一人吃着红豆圆子。

东京的红豆圆子在京都、大阪一带被称作“善哉”。

在东京，说起善哉，要比红豆圆子的味道更浓，在热的红豆馅里加入小米或栗子。

我特别喜欢加了小米的善哉。

这种东京风味的善哉大概是从幕府末期开始出现的。据说最早是由浅草的红豆圆子店“梅园”出售的。

现代的红豆圆子店几乎都是类似咖啡厅的那种装修风格。不过，能让人回忆起昔日雅趣的店家也并不是没有。

一走进位于神田须田町的“竹村”，就仿佛来到了旧日东京的红豆圆子店，不论红豆圆子的味道，还是店员们的态度，都让人感到沉稳平和。

在这一带，有“松屋”和“薮”两家荞麦面馆，还有鮟鱇鱼锅店“伊势源”和鸡肉锅店“牡丹”。经历战火劫后余生的店铺依然屹立在这里，街巷本身就保留着浓厚的旧时东京风貌。

如果在这些店里喝完酒，回去的路上我总是想顺便去趟竹村。

喷香的小米配上煮得恰到好处的红豆馅，简直妙不可言。不过只限于小米刚刚上市的季节……

年轻时，不管多么嘴馋，我总觉得走进满是女客的红豆圆子店很没面子，于是缩着脑袋吃完就一溜烟儿地逃走了。

可是现在年近花甲，女人也罢，孩子也罢，都不会介意了。

大概一年前的冬天，我正要推门进竹村，从里面出来一个五十来岁的男人，叫了我一声“阿正”。

原来是我少年时代的朋友，已经十来年未曾谋面了。

这男人以前曾对去红豆圆子店的我说过：“你什么时候才能不这么蠢啊！”

十年前我们见面时，他也是一边喝酒，一边说：“现在恐怕没有什么好地方可去了吧？”

“有啊有啊！一会儿去竹村吧，怎么样？”

“开什么玩笑，你这个呆瓜！”

这个朋友竟然从竹村走出来，着实把我吓了一跳，对方更是惊呆了。

“你来竹村吃什么了？”我劈头就问。

“唔……唔……”朋友被问得哑口无言，声音低得像蚊子叫，“年、年糕汤。这儿的年糕汤很好吃。”

“撒谎！”

“我哪里撒谎了？”

“你嘴边还粘着红豆圆子呢。”

“哎……”

朋友吓了一跳，连忙狼狈地擦了擦嘴。

“你什么时候变得这么蠢啊！”

面对我的诘问，朋友哭笑不得地说：“从今天晚上开始……”

说完，他一溜烟地就朝交通博物馆的方向逃跑了。

其实，朋友的嘴边压根儿什么也没粘着。

* 竹村 东京都千代田区神田须田町一丁目十九番

电话：03（3251）2328

炸猪排和牛肉丁盖浇饭

——银座「炼瓦亭」

在猪肉外面裹上一层面衣和面包屑，然后过油炸——小时候，炸猪排对我们来说是最隆重的一道大餐。

就连位于浅草下町的我家，一年里也要从我们那片街道里的西餐厅叫上几回炸猪排外卖。

那家小小的西餐厅名叫“美登广”。在那家店里，那种把油炸食品、意大利面和土豆色拉盛在一起的料理被称作“合盘”。

不论是店名还是这种“合盘”，都让人感到一种大正末期西餐厅的遗风。

美登广由一对中年夫妇和他们能干的女儿三个人一起经营。他家的炸猪排是把猪里脊肉切成薄片，然后几片叠在一起，用菜刀精心敲松。因此小孩子和老年人吃起来口感十分酥软。

外卖由女儿来送，她嘴里一边说着“多蒙光顾，非常感谢”，一边打开食盒盖子，把分格摆放在里面的各种食物和小调料瓶拿出来。

我在一旁盯着看，那种心跳的感觉直到现在也忘不掉。

食盒里那扑鼻而来的猪油香不禁让人垂涎欲滴。

食盒、分格摆放的盘子和酱汁瓶。

这种西餐外卖给我留下的印象十分强烈，对孩子们来说远非寿司和荞麦面外卖可比。

猪肉被做成炸猪排，在日本流行起来，是大正时期关东大地震以后的事，之前占据主导地位的似乎一直都是炸牛排。

所谓的猪排炸也是从那个时候开始流行起来的。

不过，炸猪排和猪排炸是不一样的。

而且，虽然都是炸的猪排，比如上野的“本多”，用的是最上等的猪里脊肉，切成厚片精心炸好后蘸着芥末酱和盐吃，十分美味。目黑“豚喜”的则包裹着一层独特的面衣，炸得又酥又脆，也很好吃。

然而，说到勾起孩提时代乡愁的炸猪排，到底还是银座的“炼瓦亭”。

“美登广”的女儿

“银座以前被称为炼瓦地，从那时候起，吃西餐就要到炼瓦亭去。”

从前，当我还是一名证券行的年轻店员时，就能跟好友井上留吉一口气吃下三份炼瓦亭的招牌炸猪排。

现在，炼瓦亭还有那种简直大得会溢出盘子的大份炸猪排。不过如今的我已经消化不了这家伙了。

一道普通的炸猪排被当成了高级料理。

高级炸猪排用的肉要比一般的炸猪排好，可到底还是普通炸猪排才能吃出过去的那种味道。

赶上卷心菜好吃的季节，还要另外点上一份卷心菜吃。

各个店家都争相夸口是自己最先发现了炸猪排、卷心菜和伍斯特辣酱油配在一起那种绝妙的味道，不过这种事情无关紧要。

炸猪排上淋了一层厚厚的酱汁，一下刀，酥脆的外壳应声而开。这种感觉也很美妙。

脆皮、猪肉和卷心菜丝浸满了酱汁，就着热腾腾的米饭一起吃下去，简直绝了，恐怕没有日本人觉得不好吃。

有人说：“最近的猪排都不用猪油炸了，所以不好吃了。”

的确是这样。不过，打开炼瓦亭的大门，踏进去的那一瞬间，猪油的香气扑鼻而来，十分勾人食欲。

改建前，午饭时间这家店里人声鼎沸，场面蔚为壮观。

彼时，炼瓦亭的店面装潢及气氛与这家店里的炸猪排十分相配。

总之，最近几年，老西餐厅的建筑风格在东京已经不复存在了。所有的店都变成了现代餐厅，毫无建筑特色可言。

过去,无论去哪家西餐厅,炸猪排都是一上来必点的菜式。

无论是卷心菜、酱汁还是猪肉，过去的和现在的都不可同日而语。

虽然炸猪排在家也能做得不错，不过因为不能随心所欲地使用猪油，所以还是比不上专卖店的味道。

炸猪排并不是猪排炸，所以肉太厚反而不好，这也是过去的习惯……

我和损友井上留吉以前经常去位于上越国境三国山口谷底的法师温泉。

圆木造的大浴池里溢满了清澈的温泉，热气上来以后，缠绕在房梁上的蛇仿佛都要被蒸汽熏晕了掉到浴池里。当时的法师温泉就是这样一个带着乡土气息的疗养地。现在虽然也如此，可是温泉旅馆就只有长寿馆一家了。

那里的晚饭有鲤鱼刺身等，其中还有一盘炸猪排。猪排并没有做成城市里的样子，只是把猪肉敲松、切好，再炸一下而已，可以说是山间温泉旅馆里粗犷派的炸猪排。

我和井上都会吃剩下半份，然后淋上厚厚的酱汁，对女侍说："这个明天早上再吃，先放在这儿吧。"

三国山口大雪纷飞的季节里，早上起来，猪排上雪白的脂肪和酱汁融在了一起，变得好像肉冻一样。

钻进被炉里，把猪排盖在热腾腾的米饭上吃掉，那种美味，不管别人怎么样，我和井上简直欲罢不能。

现在我还会把炸猪排吃一半剩下来，浇上酱汁留待第二天早上吃。此外还可以放在饭盒里当作夜宵就着冷饭吃。

除此之外，还有一种令我无比怀旧的食物，那就是炼瓦亭的牛肉丁盖浇饭。最近似乎被叫作牛肉末盖浇饭了，不过我们已经习惯叫牛肉丁盖浇饭了。

牛肉切薄，和洋葱一起快炒，再用酱汁煮，浇在热米饭上吃味道无敌。

这种时髦的味道过去会让孩子们欢天喜地。

懂事以后，每当吃到牛肉丁盖浇饭时，我都会想"世上怎么能有这么好吃的东西呢"，这样想的人恐怕不止我一个吧。

黏糊糊的褐色酱汁上撒着豌豆，那明快的绿色让人过目不忘。

牛肉丁盖浇饭以前在家里也做不好。现在可以买到那种罐装的褐色酱汁，就连我也能做了。

我做的时候先把牛肉和洋葱略微炒一下，然后淋上少许雪利酒，最后再倒上加热过的酱汁。这种做法最简单了。

前几年去世的喜剧演员、老戏骨渡边笃就是炼瓦亭的炸猪排和牛肉丁盖浇饭的忠实拥趸。

* 炼瓦亭 东京都中央区银座三丁目五番十六号

电话：03（3561）7258

外卖料理——品川「若出云」

先父富治郎有两个姐姐和一个妹妹。也就是说，我有三位姑妈。

大姑妈芳名梅，是新吉原一名上了年纪的艺伎，直到现在我还记得她那张典型的吉原艺伎的脸庞。二战前，二姑妈在吉原仲之町经营介绍游女[1]的茶屋和游女屋。小时候，母亲时常带我去吉原看望她这两位大姑姐。

那时，三姑妈清好像已经去世了。

清姑妈也是吉原的艺伎，嫁给了在歌舞伎座里打小鼓的望月长太郎，生下儿子政彦以后就病逝了。望月姑父续弦后，

①即妓女。

与池波家的关系自然就疏远了。小时候，我跟母亲一起去歌舞伎座看第七代幸四郎出演“劝进帐的弁庆”时，母亲曾指着正在打小鼓的姑父告诉我：“那个人就是长太郎哦！”

望月长太郎的儿子也就是我的表兄政彦。我听说过他的名字，可是一次也没有见过。

然而，就在十二三年前吧，作家筒井康隆在杂志上配图介绍了住在他家附近的政彦表兄的女儿。政彦似乎承袭了亡父望月长太郎的名字在打小鼓。

我觉得应该就是他，但我们一次面都没见过，所以还是不太敢自报姓名。对方似乎也看过我的小说，认为我就是某人吧。

因为我的笔名和真名是一样的。

又过了两年,有一天晚上,我突然接到了表兄打来的电话。

就这样，我跟这位有血缘关系的表兄第一次见了面。

第二代望月长太郎比我年长两三岁，战争中曾被扣留在西伯利亚数年，吃了不少苦。

母亲去世后，家庭的疾苦对他来说似乎体会得更深了。

我终于把很早以前就想给他的照片和唱片一起交给了他。

照片是清姑妈还健在时与丈夫和三四岁的儿子的合影，

是先父以前交给我的。

唱片是上上任芳村伊十郎录制的劝进帐，里面可以清楚地听到长太郎姑父敲打的那响亮鼓点声。

表兄是个重情义的人，十分厚待于我，然而我至今也没帮上他什么忙。

这个权且不提了。我们刚开始来往不久，表兄就在国立小剧场举行了第二代望月长太郎继承师名的宣布仪式。其实名字早在二十年前就继承了，只是一直没有宣布而已。

我也被邀请出席，作为第二代望月长太郎唯一的亲属上台讲了话。

仪式上，表兄夫妇给了我一盒品川的外卖料理店“若出云”的便当，回家后我当作夜宵吃了。

打开食盒盖子看到里面的那一刻，我就已经大致知道这个便当有多好吃了。

便当料理的制作难度很大。

因为是做完几个小时之后才吃，所以要仔细考虑食材的选择、烹调的方法和顾客的类别，相当花费时间。如果真心想做好，要付出比做其他料理多出几倍的心思才行。

而且吃的人打开盖子的瞬间，料理看起来还要新鲜而引人食欲。

另外，从需求来讲，外卖的盒装便当不是只做两三个，而是动辄二三十个，有时还要做上五十、一百个，每个便当都要精心烹制、装盒，实在是麻烦得很。

车站卖的那种便当就是现代社会批量生产的盒装便当之一，它的衰落每个人都看得清清楚楚。

不过，在一些地方上的小城市，车站里出售的便当仍旧保留着手工制作的味道，并且可以看出制作者设身处地为食客着想的良苦用心。

那天晚上我吃的若出云的外卖便当，从金枪鱼刺身的切法来说，一看就是东京流派。其他料理的烹调同样也付出了相当的心血。

后来，在为第一代长太郎做法事时，表兄请我到品川的若出云用餐，我还见到了时任老板森田弘康，明白了那天晚上的便当难怪会那么好吃。

若出云的创始人是在明治时期从上州的桐生来到东京的，开始是在品川贩鱼，后来在当时品川有名的“出云屋”料理店帮忙。若出云的招牌大概是在明治末年挂出来的。

众所周知，品川是江户四宿之一，东海道五十三站的第一个驿站。

二战前，我去过品川两次，游女屋、料理屋、茶屋鳞次栉比，江户时代的繁华景象依稀可见。

大正年间的大地震和昭和时期的战火也未曾将品川摧毁。十几年前，当我再度漫步品川街头时，深处的街巷里还飘散着一丝大驿站的气息。

如今乘坐出租车经过八山下时，旧街巷的入口刹那间映入眼帘，然而往日的风景已经渐渐远去了。

最近，表兄从原宿搬到了品川的公寓，他一定会经常和他的好友若出云的老板见面。

昔日的品川，春天可以到御殿山赏花，夏天可以赶海、洗海水浴，一年四季鱼贝都很丰富。因此，以食材新鲜而闻名的江户式料理店就有不少。

以前，在旧东海道的东部，跨越旧目黑川的大桥一带有座“鲸塚”，现在应该也还在。

宽政十年[①]五月一日，正值暴风雨季节，一尾大鲸鱼出现在品川的海面上。据说当地渔民们看见后，把鲸鱼逼到了

①即 1798 年。

约二十年前的品川鲸塚

品川的天王洲，然后将之生擒。鲸塚乃此事的纪念碑。听说，十一代将军德川家齐见证了人们是如何把这条长十六米半、高超过两米的大鲸鱼拖到滨离宫的海边的。

前些日子，我暌违已久又吃到了若出云的“野立”外卖便当。

食盒里漂亮地摆放着烤星鳗，用鸡肉、洋葱、鸭儿芹和香菇等做的名为“亲子烧”的煎鸡蛋卷，盐烤虾，煮蝾螺，银鱼，芥末腌油菜花，此外还有煮好的南瓜、魔芋、香菇、笋和款冬，以及黄尾鰤刺身、旗鱼刺身和竹笋饭。

如此美妙的配色和口味是不折不扣的东京尤物，勾起了我的无限怀念之情。

现在，若出云推出了若干种外卖料理和便当，我真想找个机会和亲友们乘着小巴，带着这家店的便当去郊游啊！

写到这里，我简直明天就想去看看品川的鲸塚了。

我的恩师长谷川伸年轻时也曾经在品川生活过一段时期。

当时，长谷川老师在北品川本宿阵屋横丁的一个外卖馆子里当送菜的伙计。他曾到一个叫泽冈楼的游女屋送外卖，听说那里有个叫小高的游女对他很好。

小高正是他的剧本《一本刀土俵入》里小茑的原型。

太鼓烧

小时候，母亲每天给我的零用钱只有二钱左右。母亲一个人工作，要养着外婆、弟弟还有我，能给这个数已经很不错了。

我每个月都急不可待的《少年俱乐部》等杂志，母亲会另外给钱买，要是手头宽裕，我能拿到五钱或者十钱。

在东京的平民区，孩子们一般都去廉价的糖果店买零食吃，一钱能买两个糖球、一片仙贝或者一个馅团子，花一钱买糖还能看个拉洋片。

和这些比起来，花上二钱就能吃到被我们称作“太鼓烧”，也就是什锦煎饼摊子上卖的那种最便宜的煎虾、煎乌贼和纯素的煎吐司什么的。

总之，小孩子们最喜欢的就是这种太鼓烧了。

街上肯定会有一两个各具特色的太鼓烧摊子，孩子们根据自己的喜好，也会跑到远处的巷子里去吃太鼓烧。

一钱的煎吐司就是把吐司切成三角形，涂上加了鸡蛋液的面浆煎熟，然后蘸着辣酱油吃。要是在吐司上再加牛绞肉，就要五钱才买得到了。

最高级的就是煎肉饼了。先把细面粉在铁板上摊成椭圆形，然后把切成薄片的牛肉铺在上面，裹好面粉后再蘸着面包粉两面煎透，要价五到十钱。

当然也有酱汁炒面和煎蛋卷。把面粉做成细长形状，然后把糯米豆糕和红豆馅卷在里面烤熟，这种东西叫作“汤圆”。

卷心菜和天妇罗碎片炒在一起的叫“卷心菜球”。

二战前，东京平民区的太鼓烧和现在流行的什锦煎饼完全不同。

于是，这次我在新潮社的俱乐部实地演习了一把。

来吃的编辑有十几位，在他们的帮助下，我花了大概两个小时，做了好几种太鼓烧，足够十来个人的分量。

其中，“鸟巢烧”是我十二岁时想出来的点子。当时，在鸟越神社附近有个摆摊的大叔。我跟他提议说：“叔叔，做这

昭和初年东京平民区的太鼓烧

个试试吧。”

“听起来就很好吃啊！”他立刻就给我做了，还说“这个会受欢迎的”，并且加到了自家摊子的菜单里。

还有一个“马铃薯球”也是我提议做的。

这位叔叔当时有三十五六岁吧，和一位住在他摆摊的地方附近的太太好上了。

“阿正，帮忙看下摊子，回头给你做你喜欢的东西吃。”

说着，他做好了上等的肉饼、煎牛肉和炒面，拿着去找那个女人了，两个小时还没回来。

于是，我按照小孩子们的要求，做好太鼓烧卖给他们。

这位叔叔是个美男子，附近的主妇们都叫他“明星”。而那位太太的老公是个赌棍，最后叔叔好像被当场捉住，然后被带到什么地方剁掉了手指。

不只孩子，大人们也很喜欢太鼓烧。

可是长大以后，就不能随心所欲地去摊子上吃太鼓烧了。

当时，在浅草到下谷一带，有个叫“町田”的太鼓烧摊子十分有名。

町田会在各个寺庙的庙会日出摊。

每个月七号是我家附近的沟店祖师爷的庙会日，这一天町田也会来。

五花八门的摊贩鳞次栉比，町田也在边上摆起了摊子。摊子上的灯光一闪一闪的，连小孩子们也能感受到那种氛围。

町田的老板似乎已经年过五十了。听说女儿女婿都死了，西餐厅也经营不善，于是把心一横摆起了太鼓烧摊子。

老夫妇俩带着孙子在夜市上摆摊，不过因为他们以前是经营西餐厅的，就连炒面也会淋上大骨高汤一起炒，煎牛肉和煎虾这种最常见的东西，他家的味道也和别人截然不同。

一到庙会的晚上，外婆、母亲、舅舅还有和我们住在一起的母亲的表弟就会分别点好食物，然后差遣我去买。

我小学一毕业就出去工作了，其实我的本心是想到町田当学徒，摆个太鼓烧摊子。

母亲对此表示反对，她说："你要是想从事餐饮业，去帝国大饭店那样的地方学习比较好，要是这样我就同意。"

我只是想做太鼓烧而已，结果这事就不了了之了。我跟町田的老板提起这件事后，他板着面孔教训我说："真荒唐！你现在怎么能想着做这种买卖呢？干这个的都是人生的失败者！"

"人生的失败者……"我一时没听明白，不过很快就懂了。

直到现在，我在夜市的摊子旁还会想起町田老板那淌着汗水、神色坚韧的脸庞，他在铁板前干活儿的样子，以及他的老伴在一旁抱着孙子时的表情。

町田的老板用一个茶勺般的容器把面浆扣在铁板上，然后像变戏法一样挥动着手里的小铲，那娴熟的手法让一旁的我们看得如醉如痴。

作为西餐厅的老板，町田的掌柜也曾经风光过，所以傲气得很。

就连小孩子们都知道他的心气儿——“无论谁家的太鼓烧和我比都差得远呢。”

他做出来的东西果然和别的摊子不一样。

“这种东西有什么好吃的呀！”某个医院的院长夫人被孩子缠着来到町田的摊子，这样说道。町田老板听到以后说：“我不卖给你，请回吧。”

这件事是小学同班同学看到后讲给我听的。

现在我也会偶尔在家里悠闲地喝喝啤酒，吃吃太鼓烧，可是却做不出町田的那个味道来。

所以这次我现场演练的是鸟越神社那个“明星”叔叔摊子上卖的食物。

当年“明星”叔叔的摊子也颇受欢迎，现在想想看他可真热心，就连年幼的我说的话也立刻就采纳了。

我想大家应该也都能在自己家里做酱汁炒面。做的时候，在放酱汁之前淋上些大骨高汤，或者把固体汤料融化后倒进去再炒，味道会别具一格。

如果这些都没有，浇上些清酒也是可以的。

冰激凌汽水和冰咖啡
——银座「清月堂」

大约五年前，我第一次去巴黎的时候，在埃菲尔铁塔下的广场摊子上买了一个冰激凌。

尖帽形的维夫饼干容器里盛着满得冒尖的冰激凌，那味道和我小时候吃过的一模一样，真让人怀念起过去的时光。

那冰激凌水气十足，吃起来特别爽。

在东京的平民区，这种冰激凌也被叫作“冰凌凌”。

当时同行的T君自然是不知道过去那种冰凌凌的，所以他对埃菲尔铁塔下的冰激凌的评价是“水分太大，不怎么好吃呀”。

这话说得也是。

和现今卖的任何一种冰激凌相比，从味道上来讲它都很普通。使之变得美味的只不过是我们那怀旧的情绪吧。

小时候，我很少吃冰激凌。我不想把有限的零用钱花在这上面。

买冰激凌的钱都可以去买份肉铺卖的油炸马铃薯了。我更喜欢在家里的火盆上支起铁丝网，用烤好的马铃薯蘸着小碟里的酱汁，吃这种吱吱冒着热气的东西。

然而……

在我小学毕业前不久，母亲的表弟龙野寿太郎向我家借了一间屋子，搬到我们浅草的家里来了。

龙野是松一证券行即松岛商店的职员，后来我也进了这家公司。

因为在证券行工作，还可以背着公司投机，收入自然不菲。

龙野经常带我去浅草看电影。

有一次看完电影回来的路上，他带我去了浅草的“中西”西餐厅。

龙野问：“你想吃什么？”

“猪排饭。”这是我在西餐厅的惯常回答。

吃完后，龙野问：“还吃别的吗？”

“什么也不要了。”

“来杯咖啡怎么样？”

“不用了。”

“那，要不这样吧，给你来个冰激凌汽水。”

“那是什么？”

“你没喝过？”

“嗯。”

“好喝着呢，我也要一杯。”

“好，那我尝尝。”

冰激凌汽水入口的那一刻，我着实吃了一惊。

汽水和果汁中漂着一层冰激凌。吃掉冰激凌，喝下果汁，最后二者融为一体，味道真是太棒了。

“怎么样？”

“真好喝啊！”

差不多一年之后，我成了龙野工作的松岛商店的一名年轻店员。母亲的另一个表弟也在这家店里工作。

作为一名年轻店员，我的任务主要是跑腿，每隔一天就要骑着自行车去丸之内，为那里的各个公司办理股票过户手续。

也就是在这个时候，我第一次见识了银座。

不久，我遇到了同样在兜町[1]上班的儿时好友井上留吉，得以和他重温了童年时的旧交。

在向岛长大的井上说："嘿，你去吃吃银座资生堂的鸡肉饭吧，可好吃了！"

于是，办理完过户，我顺路去资生堂吃了鸡肉饭。和平民区用普通盘子盛菜的方式不同，资生堂的鸡肉饭被煞有介事地盛在一个银质大盘子里，然后再由一个和我差不多大的年轻侍者分盛到我的碟子里。对方穿着雪白的立领制服，我身上则是藏青色哔叽立领装，两个人都有些不好意思。

这时我看了一眼菜单，竟然有冰激凌汽水！我立刻点了一杯。

冰激凌汽水端上来一看，中西里的那玩意儿简直无法和此物同日而语，无论是果汁、奶油还是容器全都不一样。我想，这就是所谓的时髦吧。那一年我十三岁。

后来，我每次去银座都要喝冰激凌汽水。不仅是"资生堂"，我还喝过"摩那米"和"爱斯基摩"的冰激凌汽水，摩那米的显然更胜一筹。

---

①位于东京都中央区日本桥，东京证券交易所的所在地，也是东京证券交易所的俗称。

不久，龙野辞去了松岛商店的工作，跳到了另一家公司。

后来，龙野、损友井上留吉以及我从事的投机生意给人们带来了难以估量的际遇和生活。

就这样，年近花甲的我还是很喜欢喝冰激凌汽水。

初夏时分，看完电影试映回来的路上，我会突然间想喝一杯冰激凌汽水。

初夏的和风、冰咖啡和冰激凌汽水对我来是一份无法割舍的情结。

每逢此时，我就会去银座松坂屋后街（东街）的“清月堂”。

那里的冰激凌汽水和冰咖啡的价格在银座也算是偏贵的。

由于用料讲究和在采购上不惜重金，味道无可挑剔，不由得让人回忆起过去摩那米卖的冰激凌汽水和冰咖啡。

对于咖啡爱好者来说，冰咖啡什么的似乎被认为上不了台面，不过咖啡那亦苦亦甜的味道经过冰冻后能让人精神为之一振。这种冰咖啡才是最难得的。

从清月堂在东街开了新店算起，也有十四五年了吧。

斋藤战司从那时起就一直在店里工作。

当年二十四岁的斋藤如今也已经三十有八了，而且已经成了清月堂的负责人。

他干起活来手脚麻利，又爱整洁，柜台后面的料理台总是被他收拾得光可鉴人。

坐在店里的椅子上，看着一杯杯咖啡、冰激凌汽水和菜单上各式各样的东西经过他那双巧手变幻出来，也是我的乐趣之一。

据说斋藤出生在静冈县的草薙。

这么说来，他应该算是骏河人了。

有时候我也会想，要是能和这么一位管理者一起开家小店就好了……

清月堂的生意一直都很兴隆。

电影试映归来，或者去附近的新富寿司吃完饭回来的路上，我都会顺路过去。

我还会一边喝咖啡，一边暗中观察客人们都在吃些什么。

虽然年轻客人很多，可是他们几乎都不点冰激凌汽水。

我恍然察觉，难道这种饮料已经被时代淘汰了吗？

最近，我带亲戚家的一个女孩子去了青山的一家店，我说："怎么样？来杯冰激凌汽水吗？"

"我可不喜欢那玩意儿。"说完，她马上点了个叫什么冰激凌果冻的东西。

京都「松寿司」

我第一次去京都木屋町大街三条南的“松寿司”，已是二十多年前的事情了。

这家店的寿司我早有耳闻，而且还听说“那老板是个怪人，烦人得很”。

不过我这人对“吃饭的地方”从不畏首畏尾。

松寿司位于三条小桥的东边，南侧是瑞泉寺，这座寺庙是庆长十六年[①]角仓了以为丰臣秀次祈冥福而修建的。

有“杀生关白”之称的丰臣秀次被其叔父、掌握天下的丰臣秀吉赐罪后押至高野山，被命令切腹自杀。

①即 1611 年。

哀怜秀次遭遇并为他修建寺庙的角仓了以是一名海外贸易商，后来角仓在京都开凿高濑川，打通了京都到伏见乃至大阪一带的水运。

三条小桥便坐落在这条高濑川上。

这家店门面不大，到了吃饭的点，来上几位常客马上就没有位子了。

于是，有一天下午我三点钟左右就出门了。

门帘挂着，说明正在营业，我推开半掩着的门，打招呼道："有人在吗？"料理台后的老板看了我一眼，说："请进。"

老板个头不高，浓眉，鼻梁直挺，让人过目不忘。当时，老板吉川松次郎还不到五十岁吧，他的容貌让人想起已故的第十五代市村羽左卫门晚年时的样子。

如此去了两三趟，我就对这家店的寿司着了迷。有好几次都是专门为了松寿司才去的京都。

曾经有一次，坐在我旁边的一位常客对我耳语道："松先生是在用生命握寿司啊！"

其实，老板工作时的表情是相当严肃的，可是当他把握好的寿司放在客人面前的那一刹，脸上的笑容就绽放出来。那种感觉让人无法形容。

“松寿司”的前任老板吉川松次郎

我以前从没见过如此认真地握寿司的人。而且老板对原料的挑选也很严格。

有天傍晚，我刚走进店里就看到老板一脸苦色地对着我。我一时间不知所措，不过马上就明白了。老板肯定是对当天采购到的原料不满意。直觉告诉我，要是把不满意的鱼贝握成寿司给客人吃，老板会感到不舒服。抑或是中意的原料已经用完了也未可知。

于是我说："现在肚子很饱，给我来盒海苔卷留着半夜吃吧。"

我刚说完，老板就露出笑脸对一起看管店铺的妻女说："给先生上酒……"

老板把男性客人称为"先生"，女性客人称作"夫人"。

二十多年的交往中，无论对我还是其他客人来说，吉川松次郎既不是个怪人，也并不烦人。要说烦人，是说这话的那个人对自己的工作感到烦心的缘故吧。

有一次，一位老妪吃了四个寿司，结账时对我说："这儿的寿司好吃是好吃，就是太贵了，不能总来呀。"老板微笑地看着老妪。

后来，老板谈起那位老妪时对我说："一年大概能见到她两次吧。是位让人开心的客人。”

头发和衣着整理得干净利落，特别是握寿司的手指及指甲的整洁程度，吉川松次郎的一切都堪称完美。

老板的手指仿佛和他手里握着的鱼贝融为一体了。

松寿司的寿司既非东京派也非京都派，而是独具特色。热衷钻研的老板不断到各地旅行，探索味觉感受，并将其运用到工作当中。

把小鲷鱼寿司卷在腌白萝卜里，然后用海带束紧，这种被命名为“川千鸟”的寿司就是由吉川松次郎发明的。这款寿司从十二月供应到一月初，不禁让人想起冬季黄昏聚集在河边的鸟群飞过鸭川时的样子，真乃绝品。

近年，这款寿司被一家著名的料理店盗用，堂而皇之地拿出来待客，我看到后惊得目瞪口呆。

老板还自创过一款叫“小鹿卷”的豪华寿司卷。

过去，我到京都，喜欢在午后来到松寿司，趁着没有其他客人,可以悠闲地饮酒,吃完寿司后再要一份外卖的散寿司，深夜回到酒店后就着冷酒吃掉。

至于他家的寿司有多好吃，有过这样一个故事：去年，有两个中年男子拿着松寿司的散寿司上了新干线，两人惊叹于寿司的造型和美味，竟陡然生出念头，想让平时漠不关心的老婆也看一看、尝一尝，于是只吃掉一半，把剩下的带回家去了。

这种盒装的散寿司并非出自前任老板吉川松次郎之手，而是由第二代掌门人吉川博司、也就是松寿司的现任老板制作的。

三年前（昭和五十三年），前任老板突然发病，并于前年去世了。

那段时间我忙得四脚朝天，没能前去探望，就连老板的最后一面也没有见到。对我来说，他的音容笑貌就像活着的时候一样，深深地印在了我的心里。

“这么难得的一家店，以后将何去何从呢？”有人对此产生过疑问。长男博司关掉了自己在某百货店内经营的店面，毅然继承了亡父的小店。

把父亲开创的这家口碑颇好的店面按照父亲原本的经营方针继承下去，需要非凡的决心。

他曾经对父亲说过：“老爸，要是这么干，现如今可雇不起人了啊！”在这家只能招待七八位客人的小店里，第二代老板仿佛化身为其父亲，凭借一己之力把店继承了下来。

这么说来，第二代老板想必也是在“用生命握寿司”的吧。

刚刚继承小店时，他也曾经手忙脚乱过，不过现在已经能够独当一面了。

吉川博司不但完全再现了前任老板的手艺，还按照自己的想法采购原料，孜孜不倦地进行研究。

去年年底我去京都时，顺便到寺町街佛光寺南的空也寺给前任老板扫了墓。

前任老板的法名为“净林院薰誉松风禅定门”。

前任老板从少年时代起就在大阪的“福喜寿司”工作，一干就是十几年。二十七岁时，他终于成了独当一面的手艺人。那年，他来到这座寺庙扫墓，回去的路上偶然发现有栋房子正在出租，于是下定决心独立出来。那栋房子就是现在的店面。

从去世前两三年开始，前任老板就常带着甘苦与共的妻女到国外旅行，享受天伦之乐。他们去过法国、希腊、西班牙、意大利、夏威夷等很多地方。

如今回头看，我觉得这么做真是太好了。

*松寿司 京都市中京区蛸药师柳马场西

电话：075（221）2946

京都「猪田」和「开新堂」

“我的清晨是从猪田咖啡开始的。这已经是很多年的习惯了，要是不喝上一杯猪田的咖啡，这一天就没法开始。”

京都某个商家的老掌柜曾对我这样说过。

如果在上午来到位于堺町街三条南的“猪田”咖啡馆，正好可以看到像他这样的京都人悠闲地喝着咖啡、一大清早侃侃而谈的情景。

最近，移居京都的外国人多了起来。那些从事诸如陶艺之类的工作、胡须拉碴的外国青年，瘦长的身子上裹着棉布窄袖和服，一大清早就来到猪田啜着咖啡闭目沉思。

前几年去世的植草甚一经常问我：“为什么猪田的咖啡这么好喝呢？”

“这个……”

我虽然喜欢咖啡，但是并不像植草那么狂热，因此一时语塞。

“喂，这是为什么呢？”

“你难道不知道吗？”

“你觉得是为什么？”

“连你这么懂咖啡的人都不明白，我又怎么会知道！”

我只知道，它的美味深得日本人喜欢。

每次去京都，我也肯定会顺路去一趟猪田。

“每天必须喝一杯咖啡，否则就活不下去”，我可不是这种人，那么猪田为何会如此吸引我呢？

他家的咖啡并没有什么特别的味道，可就是没理由的好喝，无论什么时候来都不会让人失望。

猪田可以说是京都咖啡馆的老字号了，是京都人引以为豪的名店。除了总店之外，还开了许多家分店。不论去哪家店，都可以喝到和总店的味道一模一样的咖啡。

店里的气氛、布局、装潢、摆设……一切都彰显着老字号的格调。

猪田从咖啡豆的采购、研磨，再到加工、制作，如今俨

“猪田”的清晨

然已经成为了一个传统，这点我深有体会。

虽然一直在写咖啡，不过这家店里的食物全都十分美味。

在那些简餐当中，我最喜欢的就是三明治。

猪田的三明治可不是最近流行的那种糊弄小孩子的三明治，而是过去那种“男人吃的三明治”。

烤牛肉、蔬菜、火腿、炸猪排等等，带着这些品种的三明治乘上火车，再来一罐冰啤酒，那滋味简直是无敌了。

火车站卖的那种装在塑料泡沫盒和赛璐珞盒里的便当，我从来都不会看上一眼，每次都是捧着猪田的三明治上火车的。

京都中京区寺町街二条北有一家叫“村上开新堂”的西点老店。

据说明治初年，开新堂在东京开了日本第一家西式点心店。

到了明治末年，第一任老板村上清太郎开了京都店，就是他发明了“好事福卢”这道朴素的西点。

好事福卢选用的材料是纪州大橘，先把果实挖出来，在果汁里加上砂糖，注入利口酒，然后用流水冷却制成果冻，最后再填进之前挖空的橘皮里。

这道好事福卢保留了当年的原貌，流传至今。

它的包装充满了古风之美，简朴雅致，让人怀念起明治、大正时期。但现在看起来，反倒带着一种摩登的感觉。

以前，严冬时节在京都的旅馆留宿时，我会把预订的好事福卢放在窗外。然后等办完事或者排完戏，喝得心满意足后，半夜回到旅馆，从窗户外边把好事福卢拿进来吃掉，简直是至高的享受。

在京都的寒气里凉透了的果冻滑入酒后干渴的口中，那瞬间的美味简直难以形容。

现在，旅馆里连冰箱都预备好了，这种乐趣也就不复存在了。

对我来说，好事福卢如果不是从窗外拿进来的，也就没什么意思了。

好事福卢只从晚秋供应到早春。

很久以前有过这样一件事。有一次，我像往年一样在十二月来到清净的京都，到村上开新堂买了好事福卢准备带回旅馆去。

那时正好是晌午。

在开新堂附近有一家叫“尚学堂”的旧书店。

走进去一看，歌舞伎演员中村又五郎正在踅摸旧书。

现在又五郎和我的关系已经非常亲密了，可是当时就算我认识他，他也不会知晓我。

看到中村又五郎的第一眼，我心里便认定“就是他了”。

那时我马上就要写完小说《剑客生涯》了，里面的主人公秋山小兵卫的形象简直就是为又五郎量身打造的。

于是我尾随又五郎，从河原町的丸善行至南座。当时他正在进行十二月份的公演。

不久，《剑客生涯》就开始连载了，直到今日。可是在电视里播放时，出演秋山小兵卫的并不是中村又五郎。

那期间，由我本人撰写脚本并导演的《剑客生涯》获得了在帝国剧场演出的机会。

加藤刚出演秋山大治郎，三冬和小兵卫分别由香川桂子和中村又五郎扮演。我梦想中的秋山小兵卫终于登上了舞台——又五郎的表演简直就像秋山小兵卫本人一样。

话说回来，关于寺町街村上开新堂的店面装潢，我真想说一句：“简直是绝了！”可以说，它身上重现了日本的繁荣盛世。

那贴着花砖、低调朴实的三层建筑，窗户的下半截还镶嵌着大理石。

有一次我从门前路过，虽然之前并没有预定，还是走进店里问了句："请问好事福卢还有吗？"

"嗯，还有两三个。"

我拿着包好的好事福卢出了门，在那里伫立良久，望着开新堂的门脸，竟然入了迷。

* 猪田咖啡 京都市中京区堺町街三条南
电话：075（221）0507

* 村上开新堂 京都市中京区寺町街二条北
电话：075（231）1058

鳗鱼——浅草「前川」

大伴家持曾经在《万叶集》中写过这样一首和歌：“我要告诉石麻吕，夏天食欲不振身体消瘦时，可以捕些鳗鱼吃。”

从那时起，鳗鱼丰富的营养就已经为人所知了。

据说，这首歌里之所以把鳗鱼称作“脊檩”，是因为鳗鱼的腹部呈淡黄色，后来才演变成“鳗鱼”这个叫法。[①]

总之，自古以来鳗鱼就被视作一种平民阶层的鱼，自从进入江户时代，且不说京都，在江户的深川、本所一带的近郊似乎就已经出现贩卖鳗鱼的摊子了。

在我的系列小说《剑客生涯》里有一篇《恶虫》，其中就

①在大伴家持的和歌中，“鳗鱼”读音为munagi，与“脊檩”的日文发音相同，后来渐渐演变成现在的读音unagi。

有对鳗鱼摊子的描写，在这里我摘抄一段：

所谓的鳗鱼摊，就是在路边支起一两叠大的长木板凳，在上面烤鳗鱼卖……

比当时（安永年间，距今约两百年前）再早些年间，鳗鱼是整条烤好后蘸上大豆酱油或者花椒酱给那些从事高强度体力劳动的人吃的，虽然美味，但是据说中上流人士是不吃的。

用京都传来的做法把鳗鱼从肚皮破开后切成便于食用的样子，然后再加以烤制……这样一来，江户人也觉得“比想象中的好吃，而且还很长力气”，于是吃鳗鱼的人也就多了起来。

后来，大概又过了二十年，江户风味的鳗鱼料理得到了开发——从背部开膛后清蒸以除掉多余的油脂，然后稍微烤一下，就连蘸食的调料汁也是精心研制的。从此，鳗鱼料理开始风行……

所以，我小的时候，对祖父母和父母来说，吃鳗鱼还是一件奢侈的事。

江户时代的鳗鱼摊

不过鳗鱼也有好坏之分。那时，在浅草有一家叫“M”的连锁大众食堂，母亲她们花上十五钱就可以到那儿吃一顿鳗鱼饭。可是同样在浅草，驹形桥的“前川”则不是一般老百姓随便去得起的。

不过记得在我小时候，当饰品工匠的祖父曾经带我去过三四次前川。

回来的路上，祖父叮嘱我说：“今天去前川的事跟谁也不要讲哦！”这事我一直都记得。

后来又过了好几年，我成了一名证券行的职员，带我去前川的是在另外一家证券行做现股交易的老板吉野先生。

吉野先生和在他店里做外勤的三井爷爷非常喜欢我和我的朋友井上，带着我们去过好多五花八门的地方。

这个暂且不提，吉野先生非常喜欢吃鳗鱼。到前川去时，等待鳗鱼烤好的时间里会喝点酒，我和井上要是想点烤内脏之类的东西，吉野先生就会说：“这样会让鳗鱼变难吃，什么也不许点！”说什么也不让我们吃。

当时，前川在大川[①]边上有座独立建筑，相传创业于文

①指隅田川。

政[1]年间，这就足以让人怀念起这家店当年的风貌了。

不用说，那时河边还有码头。大川昏暗的水面上静静地划过一叶小舟，人们可以一边饮酒一边聆听船上飘来的新内调和模仿声调[2]的声音。

江户时期的前川恐怕更加妙不可言吧！

尽管现在前川不再临着大川了，不过里面那栋独立建筑依然残存着昔日的风貌。

吉野先生经常把吉原的游女带到前川来饮酒作乐，恐怕是吉野先生在他常去的青楼里颇有信用的缘故吧。

我也曾跟他们同去过一次。原本浓妆艳抹的游女简直跟换了个人似的，装扮朴素，看上去对出来吃饭相当高兴，一副天真无邪的样子，浑身洋溢着喜悦之情，简直变成了不谙世事的小女孩。

吉野先生看到游女这个样子也欣喜异常。

“所以啊，阿正，我是从来不找艺伎的啊！就算带艺伎来前川，她们也不会让你觉得高兴。”吉野先生曾跟我如此坦陈

①日本江户晚期年号，从1818年5月26日至1831年1月23日。

②新内调，日本传统净琉璃流派名。模仿声调，曲艺表演艺术之一，模仿当红演员念台词的声调。

心声。

不用说，前川的鳗鱼乃天然之物，采购自利根川已有三代之交的同行。每逢冬天，他们就把秋天肥美的鳗鱼引入水田，让其进入半冬眠状态，然后再根据需求进行捕捞。

正是因为下了如此大的功夫，前川的鳗鱼味道才和从前一模一样。

白烧的美味就不用说了，我觉得这里的蒲烧[①]味道也相当好。

听说酱汁的秘方在太平洋战争中遗失了。

吉野先生在战争中得了重病，从那时起他就再三表示“想吃前川的鳗鱼”。

我得知后跑了很多地方，终于搞到了蒲烧的鳗鱼。

战时没有鳗鱼和肉类，我记得好像是在银座的“竹叶”搞到手的。

我赶紧拿到吉野先生面前，骗他说：“老大，这是前川的鳗鱼哦！”

吉野先生一下子落下泪来，说：“不好意思，真被你搞到

---

①蒲烧指将鳗鱼剔骨并串上竹签，佐以酱油、砂糖、酒等烧烤的料理方式。如果不淋上佐料烧烤，则称为白烧。

了啊！”

“唔，请用吧。”

“嗯，嗯。那我吃了，多谢你了。”

然而吉野先生只吃了三筷子就停下了。

身体健康时，吉野先生可以一下子吃掉三人份的前川鳗鱼。

不久，吉野先生就去世了。

虽然吉野先生说过“不喜欢艺伎”，却娶了位讲武所的艺伎做妾。我在短篇小说《笨蛋乌鸦》里描述过这位年轻可爱的女子。

她叫金子。

后来，我的老朋友井上说：“因为有了金子，吉野先生才能吃下三人份的前川吧。”

其实并不尽然。

鳗鱼上桌之前，吉野先生可是连小菜也不让我们吃的。

这说明他还是非常喜欢吃鳗鱼的。

最近，我去了一家大的鳗鱼料理店，既有前菜，又有大碗炖菜，还有刺身和煮菜，等到鳗鱼好不容易上来时，我都已经吃饱了。

所以，最近有人请客时，鳗鱼登场前的料理我只尝上一两样便作罢。

在鳗鱼店里一边就着精心制作的小菜喝酒，一边等待鳗鱼烤好，这才是最美妙的。

可是当今时代，如果不能提供种类繁多的料理，经营起来恐怕会很困难吧。

不仅是鳗鱼店，我觉得今后的餐馆经营起来会愈发艰难。

* 前川 东京都台东区驹形二丁目一番二十九号

电话：03（3841）6314

信州荞麦面——上田市「刀屋」

我写过很多战国时代到江户时代以信州的真田家族为题材的小说。

我的第一部长篇时代小说《恩田木工》（后改名为《真田骚动》），就是以江户时代真田家族的家臣之长恩田民亲为主人公。此外还有不少短篇小说，获得直木奖的《错乱》讲述的也是江户初期真田家族如何应对突变之事。

现在，已经在《朝日周刊》上连载了八年的《真田太平记》就是这些真田故事的一个大合集。

因此，大家认为我对真田家族怀有特殊的偏好。其实并非如此。

最初，我刚开始写第一部时代小说时，在先师长谷川伸

的书库里无意中翻到了一本《松代町史》，第二卷的目录引起了我的兴趣，就借来看了看，从此便和真田家族结缘。

封建时期结束以前，信州的松代十万石一直都是真田家族的领地。

后来我写了《恩田木工》。长谷川老师只看了图书借阅记录便对我说："你现在打算写的是宝历年间的真田骚动吧。"被他看穿了，真是不好意思。

为了写《恩田木工》，必须对当时的经济、政治以及风俗习惯进行调查。这花费了我相当长的时间，可以说，此举为我书写时代小说奠定了一定的基础。

不用说，我曾多次到松代造访《松代町史》的作者、已故地方史学家大平喜间太先生，听他讲了很多有意思的故事。

因此，写完《恩田木工》时，我已经积累了许多关于真田家族的素材，后来又写了好几篇小说。

那段时间，一年里我会去信州好几次。

我从少年时期开始就很喜欢信州。那时我还专门去信州爬过山，对松代町史感兴趣说不定也有这方面的原因。

为了搜集真田家族的资料，除了松代，我还去过上田。

从清和天皇的皇子贞元亲王算起，几代之后，真田家族在信州的真田庄[①]修建了居城，成为信州的一方势力。因为势力不大，所以才在战乱时代追随甲斐之虎武田信玄以及后来的织田、丰臣、德川这些瞬息万变的霸权闯过乱世，使得家门得以存续下来。

关原大战之时，真田家主昌幸和次子幸村加入西军，长子信之加入东军，亲兄弟化为敌我两方，而在此之前，信州的上田城一直都是真田家族的本城。

到上田去过若干次之后，我和上田市政府观光科的益子辉之成了朋友。益子辉之从年轻时起便对家乡历史熟稔于心，在茶道和日本舞蹈方面颇有造诣，他是业余剧团的当家花旦，还会说单口相声和评书，是如今这个时代少有的人才。

我一去上田，就把益子叫出来，两个人一边吃着马肉或荞麦面一边聊天，实在是开心。

上田站附近的荞麦面馆“刀屋”，最早也是他带我去的。

我立刻就爱上了这家店。

据说老板高桑敏雄是从二十多年前开始经营荞麦面馆的，

①现长野县上田市以北。

生蕎麦
じよ乃や
田毎乃月

之前他摆过鱼摊，卖过蔬菜，做过荞麦面馆的师傅，从事过各种各样的营生。

我第一次见到老板切荞麦面时，就被他那娴熟的技艺惊到了。虽然已经把这手纯熟的刀工传授给了儿子，不过年过古稀的他依然精力十足地工作着。

来刀屋吃饭，先要点一份鸡肉大葱炖锅或者天妇罗拼盘下酒。老板还会赠送很多信浓特产的酱菜。

选个客人不多的时间，悠闲地到这里享受一番，感觉真是好极了。

如果是家庭聚会这种温馨的场合，想必每位客人都会心满意足吧。

特别是老板的女儿高桑房美小姐，她待人接物爽快利落，食物也因为她而变得更美味了。

还有著名的大份荞麦面，配有大量萝卜泥和大葱。

我第一次吃这种面时，高桑老板说："我打算做别的店里没有的东西，于是就想，这个量的荞麦面，客人到底能不能吃完呢……"

吃的人还是有的，想必这道面现在应该还在卖吧。

我吃一碗普通分量的荞麦面就足够了。

“刀屋这个名字取得真好啊！”

听我这么一说，益子答道：“据说他家的先祖是镰仓时代信浓的审判官哪。”

“原来如此。”

“听说后来他们家曾经为加贺的前田家族打制过刀具和护手，四百年前又重新回到上田，从事刀具锻造的营生。”

所以，明治时期以后，高桑家转行做大米生意时，字号就是“刀屋”。

“就算赚不到钱也没关系。”老店主说，“价格、味道，还有分量，要让大家都满意。我考虑的只有这些。”

曾经跟我去过刀屋的朋友们一见到我肯定会说：“好想再去一次刀屋啊！那家店的气氛让人心旷神怡，真是不错。”

说起来，我家和信州、上田也还有些渊源。

据说，我外婆家的祖上就在上田城下经营酿酒作坊。

不知为何，此时此刻，我觉得自己和信州的关系就像命中注定的一样。

*刀屋 长野县上田市中央二丁目十三番二十三号

电话：0268（22）2948

中华料理——松本市「竹乃家」

很久很久以前，二战还未开始，在我刚刚脱去童年稚气的时期，曾经对登山非常着迷，那段时间我还练过一点剑道。

那时，我的生活谈不上有多健康。原本跟我工作、生活在一起的表兄比我早一步应征去了陆军。我和母亲去看望他时，我被表兄憔悴的模样吓了一跳。

表兄对我的生活十分了解，那是连母亲都不知道的一面。

因此，他凝视着我说："嘿！你每天早晨可都得去跑步啊！"

说完，他噤声片刻，语气无比严肃地说道："军队里可是很苦的！"

即使现在看，对于年轻男子来说，表兄和我做的工作、过的日子也的确谈不上对身心多么有益，可是我们也没干过什么见不得人的勾当。

如果日本没有发生战争，自然没什么可说的。然而作为年轻男子，不论表兄还是我都要面临应征入伍、派上战场的命运。

当时的军队生活是什么样子，如今的年轻人是无论如何也想象不到的。

和我们同行的年轻人们被召集入伍后，很多人都在战争中病死了。

表兄入伍时只带了钢笔和算盘，不久他就被军队榨干了活力，得了重病。免服兵役后，他回到了东京。然而遭此一劫，战争结束没多久他便去世了。

所以我觉得自己也不能掉以轻心。

“要是在战争中病死了，那我会死不瞑目。”出于这个想法，我开始通过登山和练习剑道锻炼身体。说到登山，我常去的是上越到甲州一带那些不太高的山脉，不过也爬过阿尔卑斯山脉[①]的穗高山和燕山。

---

①日本本州中部的山脉。

上高地的营地

当时，有位叫木下仙的作家写过流行一时的高山小说。相比起来，我还是更喜欢描写上高地露营的小说，为此我曾四次到上高地露营。

有位家住岛岛、姓斋藤的农家大叔，已经五十多岁了。他打了份零工，替我背行李，帮我解决了所有的后顾之忧。纵使如此，当我登上德本山口时已经痛苦至极，累得连气都喘不上来了。不过，登上山口的那一刻，上高地的美景突然呈现在眼前，那种美妙的感觉难以言表。

“这才不是真正的登山呢！你还这么年轻，可真是奢侈呀！”我被斋藤先生教训过好几次。

从上高地归来后，我要到松本附近的浅间温泉留宿。

这时，斋藤先生对我说：“有家店的东西很好吃，你去尝尝吧。”于是，我第一次吃到了“竹乃家”的中华料理。

我记得那次吃的是用他们自己家的炉灶做出来的叉烧。

二十多年前，我在战后第一次去了松本，十分怀念竹乃家，不知它是否还在。结果一打听，竹乃家及其独具特色的叉烧都还完好如初。

于是，我又一次被这家店的美味惊到了。

后来，只要途经松本，我一定会去光顾竹乃家。

用他家自制的细面条做的炒面、闻名遐迩的烧卖、馄饨、咕咾肉等，长久以来一直都是日本人相当熟悉的美味。除此之外，其他菜品和各式汤羹也无一不让人回味良久。

竹乃家对待料理的那份精心从照片上就能看得出来。

松本当地人就不用说了，就连那些只在松本待过一年的人也没有不知道竹乃家的。

作为一家中华料理店，竹乃家的店名也很有趣。不知何故，我总觉得从这名字里可以体会出大正末期已经入日本国籍的前任华人老板石田华先生开店时松本市的气氛。

总之，那会儿可真是好年景。

据说前任老板是广东人，是在往来于上海的船舶上学习的烹饪。

现任店主石田明先生说：“松本有位竹原先生是父母的恩人，据说店名里的‘竹’字就是这么来的。”

四五个人到竹乃家大吃一顿后，结账时，那些生活在物价超高地区的东京人会大吃一惊，而且还要加上一句“这么好吃的东西居然才……”。

此外，这家店的店员们待人热情，亲切的态度让人回味无穷。

“和别的店相比，我们家给员工的薪水可能不高，不过人员稳定,可能是受店里气氛的影响吧……”石田先生娓娓道来。不得不说，现代社会里，这句话蕴藏着十分深刻的含义。

五官端正、平和稳重的石田先生也已年过花甲了，他的长子是现任厨师长。

那么，这家料理店里蕴含的究竟是怎样一种沉静的感觉呢？这么说吧，店里弥漫着的是我们那个年代即昭和初期饱含在人们内心和生活里的那份闲情雅致与淡定从容。

“把原材料价格上涨的部分摊在售价里，这种事情我可做不到。”石田先生面色严峻。

这份良心正是竹乃家拥有固定客源、得以长期经营的原因吧。

刀屋亦是如此——在努力维持平衡的基础上保持了料理店的良心。

明年初夏，我还要去浅间温泉待上七八天，晌午到松本吃竹乃家的炒面、馄饨、鸡片汤、炒杂碎，还有那道猪里脊跟火腿的拼盘，真想天天都能过上这种日子啊……

我正喜滋滋地做着这个白日梦。

鸡肉饭和炸肉饼等

——银座「资生堂会馆」

在银座的资生堂会馆用餐时，我的脑海里总是会浮现出两位少年的脸庞。

一位是我自幼就认识的朋友井上留吉。

另一位就是当年在资生堂会馆工作过的山田。

井上跟我同岁，山田大概就比我小一两岁吧。

我和井上的友情既深且长，两人之间的关系密不可分。

井上和我一样出生在浅草，小学一毕业我们就进了兜町的证券行做学徒，只是工作的地点不同而已。

学徒的工作首先就是跑腿，业务熟练后就骑着自行车穿梭于丸之内地区，为那里的公司办理股票过户手续。下班的路上，我必定会到银座闲逛一番。

把资生堂会馆介绍给我的就是井上留吉，他当时是这样说的：“我可真是大吃一惊啊，他们家的鸡肉饭居然是盛在银质容器里端出来的！”

我们以前吃惯了平民区西餐厅里的鸡肉饭、炸猪排、炸肉饼和炸肉丸（一种类似牛肉饼但又稍有不同的东西）等。我心想，不愧是银座，果然和别的地方不一样啊，于是立刻就去光顾了。

说到闹市，我和井上以前只知道浅草和上野。工作后，我们第一次见识了银座的街道，不禁说了句：“这里的味道可真是不一样啊！”

如今，所有街道的风格都变得大同小异了，可是二战前的银座的的确确能够闻到黄油和香水的气味。那种摩登的香气简直让井上和我如醉如痴。

平民区长大的孩子比较早熟，从小学起就学着大人模样出入百货店和街上的饭馆，这种事情并不鲜见。因此，就算是银座的餐厅也完全不令我们发怵。

资生堂会馆是一座新文艺复兴风格的建筑，在通透的中央大堂可以看到二楼走廊，充满了雅趣，一楼正对面的大理石柜台后隐约可见冷饮柜。二战后，资生堂会馆恢复了昔日的面貌，不过现在已经变成了一座九层高的现代建筑。

我第一次走进资生堂会馆，坐上二楼的位子时，一名身穿白色制服的少年侍者走过来为我点菜。

这位少年就是山田。

我们两个人一样，都是小学一毕业就出来工作的——彼此看了一眼后，我们俩当下就明白了。两个人的脸上都是刚刚长出的青春痘。

那天我点的当然是鸡肉饭。第二次再去时，我说："今天还吃鸡肉饭。"山田说："今天来个奶油焗通心粉怎么样？"

"通心粉……"

之前我既没吃过也没见过通心粉这玩意儿。

"好吃得很哦！"

"好，那就要这个吧！"

当时我正处于对什么事物都充满了好奇心的年龄，于是便尝试了一下奶油焗通心粉。番茄浇汁冒着热气，不论香气还是味道都让我十分满意，我想，这玩意儿就是西洋乌冬面吧。

第三次再去时，山田自作主张地说："今天就吃炸肉饼好了。"

这个炸肉饼也十分惊艳。

可能是因为我吃惯了炸土豆饼的缘故吧，资生堂的炸肉饼是用奶油汁包裹着肉炸成的，那绵软的口感和油炸的香气简直让人无法用语言来形容它的美味。

当时，我和井上每个月的薪水是五块钱，不过店里包吃包住，所有的工钱都能当零花用。过去在证券行上班，为客人跑腿肯定还有小费拿，算起来能有月薪的两三倍之多，所以我每个星期都能到银座大吃大喝两次。

奶油焗通心粉、炸肉饼和鸡肉饭，这三道菜至今仍被视为资生堂式的招牌菜，保留在菜单上。

就这样，大概过了三年时间，我和山田的友情在资生堂里不断发展。有一年的圣诞节，我买了本岩波文库版的韦伯斯特的《长腿叔叔》送给山田。“这是给你的礼物。”紧跟着，他也递给我一个细长的小包，说：“我也有礼物给你。”

高兴之余，等他走后，我在桌子下面拆开包装一看，脸一下子变得通红。

你们猜山田给我的礼物是什么？

一瓶去除青春痘的化妆水！

不用说，我用了化妆水，山田也读了《长腿叔叔》。他还对我说过：“茱蒂·亚伯特真好啊！”

S.IKENAMI

然而，在我暂别银座的那一年里，山田辞去了资生堂会馆的工作。

接着，太平洋战争就爆发了。

我被迫加入了海军，新兵教育结束后，辗转回到了横须贺海兵团的浪人分队（第三分队）。

夏日里的一天，我飞奔着赶去出操，对面跑过来一个水兵，大叫着："啊！"

此人正是山田。

"好久不见……"

"海军真苦啊！"

我们聊了几句，把各自分队的名字告诉了对方。

"明天见啊！"

"一定……"

匆忙分别后，我跑回了分队，期待着第二天的见面。可是刚巧就在那天，我被分到了横滨的航空队。

转天一早，我就要和浪人水兵队的五名士兵一起前往横滨了。

我没有时间再去山田的分队找他了。

只能这样了。

他在战争中又经历了些什么呢?

年少时的友情没有经过太多的呵护，因而不会持续长久。

我们就连彼此的地址都没有告诉对方。

银座、资生堂会馆以及我们都已经改头换面了，唯有资生堂式的那三道招牌菜直到今天一如往昔。

* 资生堂会馆 东京都中央区银座八丁目八番三号

电话：03（5537）6241

横滨的酒馆「苏必利尔」和「巴黎」

“喂，这个，就是这儿，你仔细看看！”

位于横滨常盘町一角的鸡尾酒吧“巴黎”的老板娘田尾幸子对我说。

这是一本女性杂志的彩页，拍摄的是一群站在巴黎吧台边的年轻男女。老板娘指着照片上的一角说：“喏，你瞧，你瞧。”

我不禁说：“哎？这个好像田尾先生啊！”

“是吧？是田尾吧！”

“嗯……”

可是，这家鸡尾酒吧的创始人，也就是老板娘的丈夫田尾多三郎，早在几年前就病逝了。

“真是不可思议啊！”

“不可思议吧？”

那个类似红色大丁草的东西看起来就像已故的田尾先生的侧脸，就连茶色背心下的手臂都拍得很清楚。

可是巴黎吧台上的那个位置从来没有摆放过任何东西。据说拍照当天也是如此。

故人出现在照片中这种故事我也听到过几次，可是越看越觉得那大丁草的样子像极了田尾先生的侧脸。

老板娘对亡夫现身于照片这件事自然是确信无疑的。

我第一次见到田尾先生还是在二战前，当时我正处于在青、少年间摇摆不定的年龄段，不过我面相老成，看起来就像二十四五岁的。那时，我和损友兼死党井上留吉经常到横滨玩。

田尾先生的鸡尾酒吧在当年的横滨也非常有名。初生牛犊不怕虎的我们去了以后，田尾先生先是打量了我们一番，然后什么也没说，给我们做了一杯古典鸡尾酒。

他心里肯定是想“小毛孩子喝杯这个就行了”吧。

后来我们又去过巴黎好几次，田尾先生每次给我们的都是古典鸡尾酒。我们也没有点过其他喝的。或许是注意到了这一点吧，有一次，田尾先生突然不同寻常地给了我们一种

横滨开港时

口味清爽的鸡尾酒。那时正值盛夏。

“这是什么？”

面对我的提问，田尾先生第一次露出了笑容，回答道：“螺丝钻。”

田尾先生年轻时做过贸易商社的支店长，曾经在南美的布宜诺斯艾利斯工作过，关东大地震后在横滨开了店。他在鸡尾酒和舞蹈方面造诣颇深，恐怕是在布宜诺斯艾利斯浸淫多年的缘故吧。

我们混迹于巴黎的那段日子里，除了田尾先生，酒吧里还有别的服务员，门口还站着端庄漂亮的女招待，气氛其乐融融。

大佛次郎先生生前也很喜欢这家店，还把它写进过自己的小说。据说大佛先生去世前几天从东京的医院里溜了出来，来到现在的这家巴黎和大家告别。

二战后，巴黎辗转于横滨各处，昭和三十八年才在现在的常盘町安顿下来。又过了两年，我最后去了一次巴黎。自此，我与横滨的缘分便告一段落了。

现在的老板娘幸子原本是田尾先生的养女，先夫人病逝后就和田尾先生结婚了，两人育有一子。听说田尾先生六十六岁时才有了这个孩子。直到七十八岁，体格健壮的他还在泳池里游泳呢。

田尾先生过世后，老板娘独自打理着这家店。

来巴黎，毫无疑问要喝鸡尾酒。老板娘的手艺得自田尾先生亲传，可她却说自己远不如田尾先生，不过她调的鸡尾酒真的好极了。如今鼎鼎有名的鸡尾酒“樱花”就是由田尾先生设计的，口味甘甜，曾在国际比赛中获过奖。

“横滨已经今不如昔了……”老板娘感叹道。但巴黎里还有一位这样的老板娘，我在吧台品着鸡尾酒，心里不由得想：只有这里还依稀残存着旧日横滨的模样吧。

如今，横滨还有一家我去了很多年的酒馆——“苏必利尔”。

以前，苏必利尔坐落在距离港口较近的弁天通。面对外国人营业的商店和时髦的餐厅鳞次栉比，弥漫着一股静谧的异国情调。

当年的苏必利尔与其说是酒馆，不如说是咖啡馆更为恰当。

那里有一个叫石川贞的女招待，我一直以为她就是苏必利尔的女老板。她身材高挑，是个名副其实的美人。

我和井上留吉在苏必利尔里吃着油炸比目鱼配白葡萄酒，跟女招待们打情骂俏，感觉自己好像变成了大人一样。

我发现自己与横滨真是非常有缘。战争中我加入了海军，可是马上就被分配到了横滨边上、位于矶子的“八〇一航空队”。

到了部队以后，第一个外出日，我就去了弁天通的苏必利尔。

横滨海军是禁止去东京的，于是我想借用苏必利尔的电话联系一下东京的家人。

因为还在战争时期，而且是个大白天，苏必利尔看起来冷冷清清的，好像停业了似的。我打了声招呼，身着夏季和服的石川贞小姐走了出来。“啊！阿正！你参加海军了？”她睁大了眼睛说。

“没办法……”

“你这副瘦了吧唧的样子，参加海军不是找死吗?！”她教训我道。

二战后，石川贞小姐继承了苏必利尔，成了女老板，把店开在了常盘町。

战后，阔别多年，我又去巴黎喝鸡尾酒了，就是那一次，我看到了苏必利尔的招牌，令我大吃一惊。问了同行的老友，他说恐怕就是过去弁天通的那家苏必利尔。

我赶紧进去瞧了瞧，当时石川贞小姐正好回老家长崎去了，不在店里。以前的女招待野村君江这时已经成了苏必利尔的女老板。

“过几天再来……过几天再来……”我心里这样想着，期待能与石川贞小姐重逢，可是没过多久她突然去世了。真是太遗憾了。

现在的女老板野村君江也是个性格大方、温和稳重、为人宽厚的人。

苏必利尔的室内装潢也和巴黎一样，让人回忆起过去的横滨。现在那些花里胡哨的俱乐部和酒馆里已经找不到那种沉稳悠闲的感觉了。

苏必利尔也是由女老板一个人经营的。

“这样比较轻松，挺好的。”正如女老板所说，近来的年轻女孩们也不大好使唤了。

人生在世，守着一件事情坚持下去是很难得的，如今我已经看尽世间百态，心里容不下一丝焦躁与不安了。

巴黎和苏必利尔的女老板依旧守护着昔日的横滨，让人觉得简直就是一个奇迹。

* 巴黎 横滨市中区常盘町三丁目二十七号

电话：045（641）7533

关东煮和烤年糕等

——京都「蛸长」、「錺屋」等

歌舞伎世相狂言[1]《四千两小判梅叶》是河竹默阿弥于明治十八年新写的一个剧本，并由第五代尾上菊五郎和第七代市川团藏首演。

据说这部戏是默阿弥以安政[2]时期江户城内御金库的四千两金子被盗案为蓝本，根据实际情况刻画了类似人物，并执笔完成。

金库被盗案大约发生在首演前三十年，那时的德川幕府正处于即将崩溃的边缘。此后又过了十二三年，新的明治政府便诞生了。

---

①歌舞伎中描写时代生活的剧种。

②日本江户晚期年号，从 1855 年 1 月 15 日至 1860 年 4 月 8 日。

后来，第六代尾上菊五郎和第一代中村吉右卫门又在舞台上再现了这部自首演以来就名声大震的《四千两》。

这出戏的第一幕就是在夜晚四谷御门外的护城河边，身有刺青的野州流浪汉富藏摆摊卖关东煮和烫热酒的情景。

此时，四处流浪的落魄武士藤冈藤十郎正好经过此地，遇到了以前在藤冈家做事的富藏，言谈之间，两人谋定了不轨之事。

藤十郎向前探身问道："那么，你说要干个坏事，这个大事是什么？"富藏道："我说的大事就是……"说到一半，他朝四下里窥视了一番，吆喝道："关东煮烫热酒，又甜又辣啊！"接着又环视了一下四周，才将他的诡计和盘托出："我盯上的地方是官府的御金库。"

二战后不久，尾上菊五郎和中村吉右卫门时隔多年在帝国剧场出演《四千两》时，我和一个朋友前去观看。演出结束后，我们走在荒凉幽暗的街道上，饥肠辘辘地谈论着："要是能早一天吃上关东煮就好了啊！""不知道这样的世道还会不会来呀！"此情此景就像发生在昨天一样。

别说关东煮了，作为战败国的国民，那时我们连一日三餐都吃不饱。

《四千两》中的富藏

《四千两》序幕中有这样一个场景：富藏往味噌烤芋头串上撒了些辣椒，递给路过的仆役长吃了，那位仆役长对富藏说："你这个味噌酱味道真是好极了。"

由此看来，幕府末期之前的关东煮，主要是指用味噌酱调味的烤串。

不过，我们现在吃的这种在锅里煮的关东煮那时候也已经出现了。

在我小时候，煮的和烤的两种关东煮在挑着担子走街串巷的关东煮摊子上肯定都有卖。对小孩子们来说，散发着香甜的味噌气味的芋头、鱼糕和魔芋最受欢迎。

七八岁的我非常喜欢吃味噌烤魔芋，我问母亲："魔芋是用什么做的呢？"母亲不负责任地回答说："魔芋是用橡皮做的吧。"

我把这玩笑当了真，几天后跟学校的老师说了，老师捧腹大笑，说道："唔，池波的妈妈还真是幽默呀！"

"幽默"这个词的意思，应该还不错吧。

在京都四条南座的背后，有一家叫"蛸长"的老字号，已经经营了三代。

在这家店里一边吃圣护院白萝卜、油炸豆腐、鲸鱼皮、虾芋、腐衣等京都风味的关东煮，一边喝酒，是我的嗜好之一。

特别是这里最有名的章鱼，从原料的采购到拾掇干净准备下锅，如果没有长年的功夫可做不出如此美味。

即使在关西，蛸长也是数一数二的老店，虽然这种煮的关东煮最早是在江户出现的，但作为料理屋的一种以店面形式出现，很大程度上取决于它在关西的发展。

蛸长现在的老板越浦长治从年轻时起就为人亲切。我第一次进这家店已经是二十年前的事了，从那时起他的品性没有丝毫改变，对待客人极其温柔和善，就像这家店的章鱼一样，二十年来始终如一的美味。

“嘿，你去尝尝吧。现如今这世道，便宜又好吃的东西还是有的呀……”我把蛸长介绍给准备去京都的年轻朋友们。

他们去过一次之后，很快就都爱上了蛸长。

在京都，如果时间充裕，我会在酒店里睡到接近晌午，然后只喝一杯咖啡就出门前往柴野大德寺附近的今宫神社。神社里供奉的大国主命、素戋呜尊等神明，大概有两千多年的由来了。

每年五月十五日今宫神社举行定期祭祀之前，都要在四月十日先行举办“安乐祭”，这也是京都的三大奇祭之一。

冬日的今宫神社，院内格外静谧。参拜结束后从东门出来，参道的两侧就有著名的炭烤年糕店。

我经常光顾一家叫“鎊屋”的店。店里的装潢让人回忆起江户时代，尽管这种风格如今已经随处可见、唾手可得了，不过坐在那古香古色的长凳上，吃着老婆婆烤好的年糕，恍惚间自己已然化身成了一个头顶发髻的古装男子。

豆面做的年糕穿在竹签上，用炭火烤得鼓鼓的，蘸上碗里的调料（白味噌和砂糖）后摆在木盘里端出来。

刚刚烤熟的年糕别提有多好吃了，而且年糕里还残留着江户时代的风味，与周围的环境相得益彰，营造出一幅韵味十足的“日本风情图”。

特别是遇到下雪的日子，那些怀古悠思的人恐怕会更加喜出望外吧。

时代剧也曾多次在这家炭烤年糕店里取景。

在京都，还保留着许许多多这样的吃食。

在美丽的上贺茂神社前面，就有一家低调含蓄的小店“神马堂”，我经常会买他家的豆馅糯米饼，留着半夜在酒店里吃，或者买回去当礼物送人。

薄薄的饼皮里包着红豆馅，在炉火上烤得两面焦黄，散发出诱人的香味。

吃剩下的饼如果变硬了，可以用平底锅稍微烤一下，就又变得香气十足了。

* 蛸长 京都市东山区宫川筋一丁目二百三十七号

电话：075（525）0170

* 鎊屋 京都市北区紫野今宫町九十六号

电话：075（491）9402

* 神马堂 京都市北区上贺茂御园口町四号

电话：075（781）1377

炸牛排和什锦饭

——大阪「ABC」、「大黑」等

以前我从事戏剧工作时，曾经跟随新国剧剧团去大阪的歌舞伎座演出，还写过剧本。为了排练，准备次月在东京的公演，我时常在大阪一住就是将近一个月。

那时我常去的旅馆和料理屋大部分已经在不知不觉间消失不见了。不过在大阪，还有几家一直经营的店铺，和过去相比没有丝毫改变。

位于大阪南部难波新地的“ABC”西餐厅和不远处道顿堀二丁目的“大黑”就是这样的店，店里的气氛和味道一直保持着过去的样子。

如今这个时代，能够把美好的事物长年累月地保持下去是非常不容易的，这两家店想必是花费了相当大的苦心。

所谓苦心，恐怕就是“尽量在不给客人增加负担的前提下提供高品质的东西”吧。

提起ABC的牛排，还是已故作家秋田实告诉我的——“那儿的牛排味道好极了”。

当时，ABC是家又小又旧的西餐厅，一到饭点就被客人挤得满满的。现在，店面虽然稍微扩大了一些，经过了彻底的改建，但是那亲切的服务和食物的味道却一点也没有变。

牛肉是经过精挑细选的，牛排用的是母牛的里脊部分。煎得嫩嫩的牛排摆在雪白的盘子上，分外新鲜，仿佛就要跳起踢踏舞来一样。

这家店的西餐美味到哪怕是盘子里装饰用的蔬菜，看上去都能体会到背后的用心。

除了炸牛排，咖喱饭也是秋田的大爱。ABC的咖喱饭独具特色，肉和菜与咖喱酱汁融为一体，根本分辨不出原形。

以前，我吃完炸牛排之后还要叫上三份咖喱饭，能和年轻的文艺部成员一人吃掉一份半。现在我已经吃不动了。吃过主菜后，两个人分吃一份咖喱饭刚刚好。

二战一结束，ABC就开张了，很多客人都是祖孙三代的常客。听说上次举办开店三十周年纪念会的时候，给五十个

昔日的“ABC”

人发出了通知，结果位于一家酒店的会场里一下子来了四百多位老主顾。

二战前，曾在纽约学习过厨艺的老板去世了。但老板的夫人打起精神，长子负责管理，主厨安藤则从十六岁开始就干上了这一行。

总之，店里的一切都很可口。

就连女主人腌的酱菜和焙的茶都令人为之一喜。

这真是家“香气十足”的西餐厅。

大黑的什锦饭是用海带和鲣鱼干高汤煮的，里面加了油炸豆腐、魔芋和牛蒡——此乃新国剧剧团的辰巳柳太郎的最爱。现在他去大阪演出时也一定会去大黑报到，而且差不多每天必去。

我与新国剧剧团一起在大阪共事时，只要招呼一声："喂，去吃饭吧。”结果差不多每天都会跟辰巳搭伴儿去大黑。

辰巳柳太郎真是太喜欢大黑了，吃得我都有些厌腻了。

大黑的什锦饭味道上佳，时令鱼鲜做得更是美味。这对爱吃鱼的辰巳来说简直最好不过了。

用蛤蜊、鲸鱼皮和豆腐等熬制的味噌汤以及这家店的酒糟蔬菜汤都特别好吃。

当时，什锦饭的价格只有一百块或者一百五十块。

把什锦饭打包带回酒店，写剧本到半夜，拿出已经冷掉的什锦饭当作夜宵吃，仍旧十分可口。

以前的菜单上只有这些，自从第三代老板木田太郎上任以来，又增加了不少用各种蔬菜做的下酒菜。

当初被我叫作大婶的老板娘，如今已经去世了。她那在证券报当记者的儿子继承了店面。他有个上小学四年级的次子，曾经很有出息地说过："以后就把店交给我吧！"

"无论如何也要干到第四代啊！"木田说。

另外，辰巳在大黑吃过饭后，一定会去御堂筋东面一个叫"日出"的咖啡馆。

咖啡有多好喝就不必说了，熟客们对店主夫妻的为人也钦慕有加，一早就前来报到，焦急地等着开门。辰巳柳太郎和我也在这些人之列。

日出的老板说："这一带变得越来越吵，搞得我们都没心思做生意了。"几年前就把店面转让给了亲戚，隐居到郊外去了。新的日出搬到了宗右卫门町，现在依然还在。

大阪和东京一样，也发生了翻天覆地的变化。

白天，无论是地铁还是地下商业街，都被蜂拥而至的人群挤得水泄不通。一到晚上八点，人们又回到了郊区的公寓大楼里，大城市里一下子变得空空如也。

以前，在北边的新地一带，有家由一位中年女子独自经营的酒馆。这家店的下酒菜是专门从伊豆订购的极品芥末，客人们一边抿芥末泥一边饮酒。

这家清幽的酒馆名叫“独一处”。

二十多年前，我可以在那里轻轻松松喝掉将近两升酒，转天还能继续排戏。

前些天，我时隔许久造访大阪时，到处寻找都不见独一处的踪影。那些小酒馆已经被新建的高楼大厦挤得无处容身、销声匿迹了吧。如今这世道，像这种由一个女人随性经营的买卖已经无法生存下去了。

“过去的大阪，有钱有有钱的活法，没钱有没钱的活法，大家都能安居乐业……”与我同行的一位住在大阪的老朋友如是说。

独一处还是没有找到。

“真是无能为力了……像我这种在东京土生土长的人现在去新宿都会迷路啊！”

“怎么会……”

“我是说真的。”

不知不觉间，当我们踏进露天神社的院子时，就像被挤进了钢筋水泥的夹缝里。

“啊！这家店还在呢，还在呢！”朋友大叫着抓住我的胳膊，把我带到院子里的一个角落。

“嗯，还在啊……”

只容得下七八个人的小店“阿弥彦”真的还一如往昔。

阿弥彦是家烧卖店，这里的烧卖很特别，有点像饺子，是用铁锅煎出来的。

当年，店里还有那种熬得雪白的猪骨浓汤。冬日深夜，酒醉之后喝上一碗，格外鲜美。

“怎么样，进去尝尝吗？”

“那还用说。”

* 大黑 大阪市中央区道顿堀二丁目二番七号

电话：06（6211）1101

* 阿弥彦 大阪市北区曾根崎二丁目五番二十号

电话：06（6311）8194

烧卖、饺子、拉面等

——横滨「清风楼」、「蓬莱阁」等

我已故的老师长谷川伸生前上了年纪后仍旧不失好奇心。

二十多年前，我去浅草的国际剧场观看音乐剧《夏日之舞》，扮演狮子的小月冴子跳的那段非洲舞异常精彩。我跟老师讲了以后，他立刻就去看了。等到下次我再去拜访时，他对我说：“我去看了小月扮演的狮子哦！”

就是那时吧，老师跟我说：“我年轻时在横滨工作和生活，一干完活就去吃老面。要是手头宽裕，除了老面还会点熟卖吃。”①

“老师，每天吃老面也不会腻吗？”

---

①长谷川在读“拉面”和“烧卖”时与正确的日语发音有所不同。

“不腻。当年横滨的老面我可吃不厌，就是那么好吃呀。你最近不是要去横滨吗？”

“是的。”

“那你知道哪家的老面好吃吗？”

“我觉得 A 店和 B 店都不错。”

长谷川老师从来都不说“拉面”，也不说“烧卖”。

不久，老师受从小一起长大的老朋友内山顺之邀去横滨时，到我介绍的那两家店里吃了拉面。

“喂，我去吃了哦！”

“您觉得如何？”

“不怎么样！”老师爱答不理地说。

结果下次再去时，我带了横滨“清风楼”的烧卖给老师，他马上就尝了一个，说：“嘿，这熟卖还真是过去的味儿啊！”

无论人还是味道，都是时代的产物。不过我们年轻时，对于上了年纪的人凡事都要冠以“还是过去的好”这种说法十分反感。最近，我也到了被年轻人如此抨击的年龄，每当此时，我想说的也是这句“还是过去的好”。于是我在心里琢磨，我年轻时老人们所说的过去，究竟会有多好呢？

最近，我看了一部新国剧创始人泽田正二郎出演的无声

横滨开港时卖冷饮的小贩

电影《国定忠治》，被其动人心魄的演技折服了。

以前，每当长谷川老师说到“泽田演得真是太好了”、“这种演员，不，这种人以后再也不会有了吧”的时候，我总是不大信服。这次，当我在这部布满雪花的陈年老电影里看到泽田正二郎时，真是大吃一惊。

所以，现在我由衷地认为我未曾了解过的第九代团十郎和第五代菊五郎恐怕真的很了不起，老师所说的横滨老面的美味也是现在无法企及的吧。

首先，从食材的角度说，权且不提什么过去和现在的区别，被长谷川老师形容为“就是过去那个味儿”的清风楼的烧卖是我的心头大爱。

据说清风楼是在二战结束那年的十一月开张的。去年去世的陈治安先生是第一任老板，现任老板吉田（已入日本籍）为第二任。

他家的烧卖用料只有猪肉、干贝和大葱，而且一概不使用含有化学成分的调味料和胡椒等。这种做法恐怕传自前任老板，也是让长谷川老师对昔日味道念念不忘的原因所在吧。

我之前写过横滨的酒馆苏必利尔，那里的女老板也很喜欢清风楼的烧卖，有时候会给我拿出一两个来当作下酒菜吃。

这家店的东西都很好吃，不过我最喜欢的还是上等的什锦炒面和大葱荞麦面。夏天的冷面也很有特色。

清风楼位于中华街主路南边一条平行的街上，近来我常去的“蓬莱阁”也在那附近。

听说店主王宗俊是在昭和三十三年开的这家店。

王老板的父亲早年就去世了。

听王老板说：“我是个外国人，找工作特别不容易，于是就下决心开了家店……”

王老板和酒馆巴黎的公子都在县立希望之丘高中的橄榄球俱乐部，是前辈和后辈的关系。

刚开店时雇用的厨师怎么也做不好，后来就不干了。

于是王老板亲自下厨，籍贯山东的母亲教他学会了做饺子，后来成了店里的招牌。

王老板认为，说到饺子，味道数一数二的当属蒸饺和水饺。

蓬莱阁的饺子里没有大蒜，取而代之的是韭菜，味道别具一格。

总之，王老板虽然辛苦，但是凭借一己之力（可能也有母亲帮忙）开创出了专属于自家的味道。

而且，在日本土生土长的王老板味觉灵敏，正因如此，才会做出让我们满意的味道。

蓬莱阁的东西也是无一不美味。

有一种叫酱牛肉的凉菜，和调过味的黄瓜摆在一个碟子里，实在是漂亮。酸辣汤也很好喝。猪肚煮好后，加上大葱和黄瓜，用调味汁一拌，味道好极了。如果有客人提出："今天蒸条新鲜的鱼吃吧。"就算店里没有合适的鱼可用，老板也会到附近的水产店踅摸一番，然后做给客人吃。当然，店里忙的时候还是别提这种要求了……

而且，便宜。便宜得让人难以置信。

"我想尽可能让大家吃到便宜又美味的东西。这里是我自己的家，厨师也是我本人，店里的事务由内人打理，目前这个价格好歹也能经营下去。"王老板说。

店里特别忙碌的时候，似乎也会请人来帮忙。

王老板擅长的是炒菜，所以这家店的炒饭很好吃。

中华街近来也有了不小的变化，不知不觉中以前熟悉的店面不见了，新店冒了出来，不过改变程度跟东京相比不可同日而语。中华街的变化是在经年累月中一点一点发生的。

这条路南侧的小道上有一家"德记"，他家的手工面条近来也名气十足，很多客人貌似都是从东京过来吃的。

这家店谈不上有什么待客之道，但汤底的味道暂且不提，拉面的样子让我想起先师口中的老面——这不就是那种老面吗?

和中华街主路上的那些店铺相比，最近我更爱去山下町的后街溜达。

工作日的黄昏，后街上十分幽静，主路上的喧嚣简直就像是另外一个世界。

此时此刻，那早已消失殆尽的东京平民区的气息仿佛依然飘荡在这里。

*清风楼 横滨市中区山下町一百九十号

电话：045（681）2901

*蓬莱阁 横滨市中区山下町一百八十九号

电话：045（681）5514

*德记 横滨市中区山下町一百六十六号

电话：045（681）3936

帕尔梅煎牛排和鸡肉杂烩等

——京都「古屋」

已经是很多年前的事情了吧。

那时我还在为新国剧写剧本呢，所以应该是二十三四年前的事了。

当时，新国剧刚好迎来了二战后的全盛期，剧团在大阪和名古屋公演时，我也会随剧团同行，跟着写写剧本、排排戏。

记得那一次，也是因为新国剧的工作，我晚上留宿京都，白天去了大阪的新歌舞伎座。那天前夜，朋友 W 从东京过来在京都落脚，于是第二天我就去陪他了。

当时 W 还年轻，在公司里上班，但是立志成为一名剧作家，对新国剧尤其钟情。

W 每次和我见面都会满腔热情地说："要是我写的剧本能

在新国剧演出就好了，哪怕这辈子就一次！”

新国剧的岛田正吾和辰巳柳太郎都是那种英雄不问出处、只要是好剧本就会演出的明星。

我鼓励W说：“你写吧。只要能写出好东西来，肯定会有人演。”

“那就拜托了！拜托了啊！”

“好说好说。”

不过，我应承了好多次，W还是没有写剧本。

“我只确定了题目……”

于是我问：“什么题目呢？”

“叫‘断崖’。”

“这不是挺好的吗？是什么主题呢？”

“这个啊，我还没搞清楚。”

既然如此，我也没法子了。

下班后，W坐在书桌前，在稿纸上写下“断崖”两个字，然后便盯着这两个字看，看啊看啊，什么也写不出来。

他就这么一直盯着看了三年，一个剧本也没写出来。

“不行了，我干不下去了！”京都那晚，W对我说。

转天，我们一起转了南禅寺、法然院和银阁寺。彼时，还有白川女[1]穿着过去的民俗服装到市区里卖花。

W 泪眼婆娑，一遍遍地重复着："没写出来，我还是没能写出来。"

不知不觉，我们走到了一条林荫路上，初夏的树木青翠欲滴。

这条路在京都大学的北侧，现在被称作御影街。

正值傍晚，我说："去哪儿吃个饭吧！"

我边走边安慰着 W，在一条小路的转角看到一块招牌，上面写着"奶酪烤菜·炖牛肉——古屋西餐厅"。

"就去这家吧。"

小路的右侧，是一家小小的西餐厅。

我吃了份炖牛肉，味道和我之前吃过的所有炖牛肉完全不同，简直令人为之瞠目。

W 也说："真好吃啊！"

非说不可的话，味道很像法式蔬菜烩牛肉，十分新奇。

前不久，暌违二十年后我又去了古屋，所有的东西味道还和以前一样，不过老板古屋美义夫妇也和我一样上了不少

---

①指京都的卖花女，身穿白川地区女性特有服装，将花顶在头顶，走街串巷出售。

白川女卖花

年纪。

这回，我头一次吃了一种叫“鸡肉杂烩”的东西，也可以说是用鸡肉和洋葱、马铃薯等蔬菜做的一种内容丰富的汤菜。烹制这道菜的高汤里有芹菜、鸡肉和大蒜，做法罕见，但是营养丰富、滋补身体。

出生于明治四十五年的古屋先生从年少时起就在新大阪酒店做事。据说他从此便踏上了美食之路，后来又在银座资生堂、故都酒店和京都酒店工作过，并在太平洋战争中被派往瓜达尔卡纳尔岛，饱受了人间艰辛。

我第一次去古屋时发现，与京都人相比，这家店似乎更受住在京都的外国人欢迎。

店铺由古屋夫妇两人经营。

值得一提的是他家的食材。

尤其是牛排，使用的是近江牛，就连我这样的外行人看了都一目了然。

古屋的牛排自成一派，名曰“帕尔梅煎牛排”。有位叫埃希纳·帕尔梅的瑞典人自从开业之初便一直光临古屋，帕尔梅煎牛排就是听取了他的意见后发明的一道原创菜。

这么说，吃起来还真有北欧风味。

据说开业之初，最先光临的是当时松竹电影公司的大明星、时代剧演员高田浩吉，后来他成了店里的老主顾。

当然，古屋的烤菜也十分美味。

就连等待主菜期间提供的小凉菜里的芹菜都很好吃。不论肉类还是蔬菜，原材料都无可挑剔。

古屋就是这样一家充满了匠人味道的餐厅。

此外，店主妻女那端庄贤淑、亲切有加的服务，一经体会也让人念念不忘。

“不过把店开在自己家里，可真是失策啊！”古屋老板曾经如是说。

“此话怎讲？”

“身上的衣服都浸满了油烟味啊。”

“这样啊……”

且说前面提过的朋友 W，前些天，时隔多日我们又见面了。

“喂，你还记得那家叫古屋的西餐厅吗？”

“古屋……没印象了。”

“就是京都那家。”

“嗯……想不起来了啊。”

“怎么会呢，那算了吧。”

“到底怎么回事？”

“啊，没什么。”

“别这样啊。”

“算了，算了。”

如今的W，体重已有八十五公斤，早已不是当年那面有菜色的模样了。

W一直在电机行业的公司里供职，在轻井泽和伊豆都有别墅。

“回头咱们去看场戏吧。”

“开什么玩笑啊，池波。我哪儿有那个工夫啊，哈哈哈……”

松饼和水果——神田「万惣」

也许是因为母亲喜欢，而且从小也给我吃的缘故吧，我这把年纪了还在吃松饼。

在酒店吃早饭的时候，我喜欢要松饼、培根和不加糖的热咖啡。

我第一次吃到神田须田町“万惣”的松饼还是小学二年级的时候，那年我八岁。

当时父母已经离婚了，我被寄养在外祖父那里。

父亲独自一人生活后，每三个月来看我一次时会带我出去玩。

“现在爸爸在这里工作了。”那天父亲带我去的是神田的蔬菜批发市场，当时他是那里的事务员。

就是那一天，父亲带我去了万惣。看完电影后，父亲问我："你想吃什么呢？""松饼。"父亲听了马上说："是吗？那正好。"于是带我走过电车道，对面就是万惣。

"这家店是卖水果的，不过可不是一般的水果店哦，在东京也是数一数二的。"父亲说。

"哎？水果店里有松饼吗？"

"岂止有，万惣的松饼可是天下第一啊！"

因为离工作的地方比较近，父亲似乎也时常来吃。

万惣的松饼确实跟我吃过的任何一家的松饼都不一样。

后来又过了五六年，小学毕业后，我进了证券行做事。刚开始去的是茅场町的一家小型现股店，需要住在店里。这家店的老板和店员我都很喜欢，可是只干了三个月我就辞职了。究其原因，是因为我实在不喜欢住在店里。要是住在店里，我一个月只能去看两三回自己喜欢的电影。假如正常通勤，每天晚上下班都能顺路去看电影。

随后我就去了兜町的松岛商店上班，这下可以正常通勤了。

那阵子我不仅看了以前就很着迷的武打片，而且觉得外国电影也挺好看，于是几乎每天晚上都会跑到各家小电影院，把没看过的外国电影全都看了个遍。

其中，在神田的昌平桥有一家叫“宫殿”的电影院，专门放映美国、德国和法国的名片。我在那里渐渐地迷上了嘉宝、黛德丽、风华正茂的加里·库珀、沃尔特·休斯顿和琼·阿瑟。

每个星期里肯定会有一次，下班后我乘巴士行至须田町，先到万惣买个松饼填饱肚子，然后跑到宫殿电影院看电影。

其他的日子就去别的电影院。

夜深到家，大吃一顿后才睡觉。

当时我十三岁，我记得工钱是七块钱。

可是到了十六七岁，我变得年少轻狂，有时候手头上有了跟店里和母亲都不能讲的私房钱，于是便不再满足于吃松饼带来的那份喜悦了。

所以很长一段时间，我都没有再光顾万惣。

万惣始创于弘化[①]三年，之后便迎来了幕府末期日益动乱的年代，以美国为首，法国、俄国、英国、丹麦等国的军舰和船只出现在日本海上，长期以来的锁国之梦破灭了，国内

①日本江户晚期年号，从 1845 年 1 月 9 日至 1848 年 4 月 1 日。

昭和初年的“宫殿”电影院

的反幕运动也进行得如火如荼，时代经历着重大的变革。

万惣的创始人就是在那时从新潟来到江户，开始经营水果店的。

过去，水果店的名字里总要带个“万”字。二战前，我曾经在新国剧剧场看过一部叫“万常水果店”的戏。创业伊始，万惣就把店开在了神田须田町现在的这个地址。如今的老板青木惣太郎已经是第四代传人了。

听说万惣建了一座八层高的大厦，今年（昭和五十七年）二月，时隔多年后我再度登门光临。

一楼是水果卖场，中间夹层是鲜果沙龙，二楼则是咖啡厅。

咖啡厅不仅环境雅致优美，店员周到的服务在东京也是屈指可数的。红茶是装在壶里出售的，馥郁芳香，旁边还有附赠的白兰地，咖啡的味道也很好。不用说，我还吃了松饼，就连这个也完全保持了过去的味道，实在是太难得了。在“保持传统”这一美德日渐消失的现代日本，这简直是一个奇迹。把小麦粉、鸡蛋等材料搅拌好，然后浇到铜板上烤熟，制作松饼看起来不过如此，然而在万惣烤了将近五十年松饼的加茂老先生却说：“能让我觉得满意的松饼，一天也没有几个。”

也许各家烤制松饼的方法也略有不同，但万惣的松饼是用精心挑选的最高级的小麦粉和鸡蛋制作而成的。

这就是他家的与众不同之处。

万惣水果店之所以有口皆碑也正是这个原因。

少年时代，我对水果没什么兴趣，可是黄昏时分一走到万惣门前，街道上便飘散着各种水果的香气，令我心驰神往。

那香气勾引着我的馋虫，吃完松饼，我还要就着咖啡吃些白兰瓜、橙子或者白桃，那种滋味真是美得难以形容。

特别是和在浅草我家附近菜店里买来的枇杷、梨子一比，万惣的水果简直就像别的物种。

在万惣，不论松饼还是水果，其进货渠道和对货品的精挑细选都是别人无法效仿的。

似乎也有人为了盗取松饼的做法到店里来过，结果还是觉得学不会。

加了生奶油、草莓和豆馅的松饼总是可以模仿的，然而无论如何也学不到的恐怕是店主倾注在原料里的那份心血吧。

万惣就是这么一家颇具个性的店铺。

万惣还在五层和八层分别开设了西餐厅，那里的法国料理广受好评，我想也是出自同样的理由吧。

总之，我最近到神田一带去，总会顺路去趟万惣，这已经成了一个习惯。

我在万惣的咖啡厅里一边吃松饼或水果杯，一边眺望须田町十字路口的风景，那里还残留着昔日的旧貌。此时，父亲的音容笑貌浮现在我的脑海里——他已经在二十二年前去世了。

父亲跟母亲离婚后，一直都没有再娶。

乌冬面和日式中华料理

——京都「初音」和「盛京亭」

过去，东京的孩子们是不喜欢吃荞麦面的。

不，跟面条比起来，无论哪儿的孩子，更喜欢的肯定是炸猪排和鸡肉饭。

我出生以来第一次跨越箱根，到京都和大阪去，是在十七八岁的时候。

当时我在证券行上班，我对在另外一家证券行做事的损友井上留吉说:“咱们去京都玩玩怎么样？”

“好啊！那咱们坐星期六的夜车走，早上到了就去玩，然后坐星期天的夜车回来，下车以后别回家，直接从东京站去店里上班,还能赶上星期一的早盘(证券交易所上午的交易)。”井上说。

“别开玩笑了！好不容易去趟京都，还不在那儿住上两三天。”

“那倒也不错呀。”

说起那时的我们，可真是瞻前不顾后啊……

不过也正因如此，我们才对任何事情都毫不畏惧。

我和井上都比较早熟，在旁人看来就像二十二三岁的样子。

当年,未满二十岁的年轻人吸烟要是被警察（当时叫“巡查”）发现了，会被揪到警察局去，这事我们常有耳闻。可是我和井上就算抽着香烟也能从警察面前若无其事地经过，从来也没被盘问过一次。

那个时候，我才第一次住上了真正意义上的酒店——京都的故都酒店。

关于这家酒店，井上曾听他们公司的外勤人员讨论过——“不管怎么说，京都的故都酒店可真是不错啊！”“确实不错。”

而我则是在俳句家日野草城的俳句集里看到过他新婚旅行入住故都酒店时吟诵的诗句:故都小旅馆,携伴美人度春宵,良辰如斯夫。真让人心驰神往啊!

井上用店里的电话预约了酒店。直到现在我还记得他对我说过的话："嘿，池波，酒店接受了咱们的预定哦！真不可思议啊！"

前不久，当我想起我们第一次见到西式浴室，并在里面丑态尽现的情景时，不禁捧腹大笑。

井上用了西式坐便器后，竟然无法拉出大便。啊？原来酒店每层的厕所里都有日式蹲坑呀，我们还以为全都是洋马桶呢。

"酒店这玩意儿，可真是不方便哪！"井上留吉大叫道。

且说我们早上到达京都站时，已经饥肠辘辘了。

于是在去故都酒店之前，我们先进了车站前的一家饭馆，分别吃了鸡肉鸡蛋盖饭和猪肉乌冬面。

只听井上说："唔……这个真好吃啊。这个乌冬面太好吃了！"

"乌冬面有什么好吃的！"

"不、不，池波。京都的乌冬面和东京的可不一样！来，你尝尝。"

于是我吃了一口井上的面条，味道真是不错。清淡的汤底和滑溜溜的乌冬面搭配得恰到好处。东京的乌冬面汤底是咸的，两者的味道迥然不同。

既然如此，那么荞麦面应该也很好吃吧，结果一试才发现我们根本接受不了。

说起京都、大阪的乌冬面究竟有多美味，那写起来可真是没完没了。除了那些享有盛誉的名店，其他店的乌冬面也很好吃。

四十年前乌冬面的味道，现在依然被完完全全地保留在了京都。

每逢来到京都，想吃乌冬面时，能让我放心而入的就是那家我经常光顾的、位于八坂神社石阶旁的“初音”。

那对老夫妇还一如往昔地经营着店铺，店里有种说不出来的气氛。店主小谷管次郎先生已经将近九十高龄了，妻子春子也快七十岁了。夫妻俩的年龄相差了二十岁，让我不禁浮想联翩。

老店主少言寡语，妻子则性格开朗、爱说爱笑。

店里的装潢也还是鼎盛时期的原貌。

和井上第一次来京都时，我们也吃了初音的乌冬面。让我至今都记忆犹新的正是八坂神社石阶下面这一清晰的地标。

当年，初音装着那种红色的棂格窗，古香古色的。不，京都的街巷本身就是这种风格，难怪井上跟我说过好几次：

“喂，在这里散步总觉得头上像顶着个发髻呀！”

在祇园的北侧，四条街上的一条小巷尽头，有家小店名叫“盛京亭”。阔别多年，今年我路过他家时，原本局促的店面被改造得十分漂亮，和以往一样，我在那里吃了一顿味道鲜美的中华料理。

这家店是二战后开业的，二十五六年前一个偶然的机会，我第一次来到他家时，正好遇上祇园的艺伎带着随从的小侍女在吃炒饭。祇园花街的小侍女负责照顾艺伎，受她们差遣跑腿，终日劳作不停。她们长大后，有的会成为艺伎，也有人从事女招待工作。

坐落在这样一个地方，盛京亭的中华料理自然十分适合日本人的口味。

不论是名为“八宝丝”的凉菜，还是春卷、咕咾肉、炒面和炒饭等，吃起来都很美味。

操作台就设置在客人面前，精心烹调好的饭菜立刻就能吃到嘴里。

同过去相比，现在的味道也变得更加完美了，被我带去吃过的朋友无一不交口称赞。

祇园的小侍女

于是我不禁想：“啊，如果井上还活着，一定会非常喜欢这家店吧……”

盛京亭的东西物美价廉，而且经过周围的老饕们长年累月的鉴赏，已经凝缩出了一种独特的品位。

井上留吉很喜欢吃咕咾肉。出生于东京的他二战以后从越后地区逃了出去，从此下落不明，至今已经将近二十年了。

他最后一次给我打来电话是从九州的福冈：“我最近可能还要回趟越后……那就下次再见吧！池波，我正在读你写的书哦。”

这是我们最后一次联系，从此他便杳无音讯了。

* 盛京亭 京都市东山区祇园町北侧

电话：075(561)4168

牛奶、鸡蛋、蔬菜、面包等

——法国的乡村酒店

我父亲的祖上是在富山县的井波修建神社和寺院的木匠，天保年间来到了江户。到我这里已经不知道是第多少代了，不过直至祖父那辈一直都是做木匠的。

我曾经在随笔中提到过这件事。去年（昭和五十六年），井波的乡亲们接待过我，我们从此结下了缘分，今年我又去了井波一趟。

第二天午饭时分，我在街上路过一家叫“M”的餐馆时，井波的I先生一边说着“这是咱们自家地里种的”，一边递给我一个熟透的番茄。

我马上就咬了一口，和在东京吃的那种味道寡淡的番茄全然不同，正是我小时候吃过的那种味道。

现在，我每年也能吃上一两回这种手工种植的番茄了，不过对于生活在东京的人来说也是相当不容易的。

去法国时，我在巴黎的餐馆里吃过的番茄要比东京的更对味儿些，不过也无甚特别。

要是在法国的乡下转转，倒是可以吃到井波的I先生亲手种植的那种番茄。

我喜欢在法国乡下漫无目的地转悠，大概是因为去过几次之后，我就了然于心了——日本的农村在城市的侵袭下已经被毁得花里胡哨了，与此相比，法国的乡村才是真正意义上的乡村。多少次，我拿着地图，开着租来的车子，太阳下山之后，周围一片漆黑，只有点点星光闪耀，一个店家的招牌也看不到。

在这种乡下，空气的质量、蔬菜的味道自然都没的说。

也许也有例外，不过这里的东西绝大部分都是纯手工制作的，旅店里的面包当然也如此。

大概四年前，我入住过加斯科尼一家叫“拉罗克城堡”的酒店，晚饭就不说了，翌日一早，店家提供了新鲜出炉的面包和自制的黄油、果酱，那味道让我至今都忘不掉。

不光这家酒店，在乡下，大家都是自己动手做东西吃，现在反倒变得特别了。我本来不怎么喜欢面包，可是却吃了多半个，剩下的还包在手帕里留着午饭时吃了。

法国的酒店，不论是巴黎的还是乡下的，都只有面包和咖啡加牛奶，可是每天早上吃却都吃不腻。晚餐吃的时令蔬菜和水果也都保留了食物原始的味道。

听说有个东京姑娘来到法国乡村，闻到飘散在菜地里的肥料味，双眉紧皱着说：“呃，臭死了！”

正是因为蔬菜施了这样的肥，人们吃的时候才会说“啊，真好吃”，真是匪夷所思。

二战前的日本，种菜施肥是与生活息息相关的大事，闻到肥料的气味就皱起眉头这种对大自然不敬的做法，就连东京人也是做不出来的。

蛋是蛋，鸡是鸡，牛是牛，猪是猪，所有的食物都保留着本来的味道。这让跟我同行的那些在东京长大的年轻人十分惊讶。

把鸡蛋敲破打入碗中，蛋黄就像一轮满月映入眼帘，带给人一种真切的存在感。

能够下出这种蛋的鸡究竟是何种尤物，我还真是形容不出来。

至于牛奶，就连不爱喝奶的我都喝掉了两三杯。

前年，我沿着卢瓦尔河从布列塔尼行至诺曼底，在那里一家历史悠久的名叫“萨尔城堡”的酒店里喝过一次牛奶，那浓浓的味道一直留在心里久散不去。

“死之前，去外国看看怎么样？”

以前不管我怎么劝，老伴因为担心吃不惯外国的东西，一直都没离开过日本。对于今年的法国和比利时之旅，老伴还曾夸张地说：“真是打算从清水大舞台跳下去了……”[①]

可是当她尝过法国乡村的早餐之后，立刻就说：“要是吃这个就没问题了，以后咱们还来吧！”我这可真是自寻烦恼。

不过老伴对面包牛奶的喜爱程度和米饭一样，这让她信心大增，说：“就算只有面包和牛奶，过个十天半个月也不在话下。”

今年旅行时，我们在约纳河沿岸茹瓦尼的科特·圣雅克美食旅馆吃了早饭，味道棒极了。

光是手工制作的果酱就有五种，面包也是新鲜出炉的。

那天我们途经奥尔良，参观完香波堡后，住进了位于翁

①京都清水寺的本堂外接舞台建在悬崖上，日本人用跳下清水大舞台表示孤注一掷。

赞乡间的卢瓦尔河高贵庄园酒店。这家酒店我前年也曾入住过，还把勤劳能干的年轻女招待多米尼克写进了书里。这次我还带了一本过来，里面有她的照片。

我刚进大门，多米尼克就一下子飞奔出来。我立刻用日语说："嘿，你在啊！"并把书递给她。她两眼放光，大叫着"太棒啦"，刚要扑过来给我一个吻，结果看到一旁的老伴，便面红耳赤地把书搂在怀里。

这节骨眼上老伴可真是碍事啊！

前年十六岁的多米尼克如今已经长成了十八岁的大姑娘，胖胖的身体变得纤细起来，恐怕也有了心上人吧。

翁赞的酒店饭很好吃。

这一次我们大饱口福，吃了很多产自索洛涅的新鲜芦笋和番茄。

这家酒店还有自制的鹅肝，我喜欢把生鹅肝稍微煎一下，趁嫩吃掉。可惜现在已经没有了。

森林中的酒店，不知为何空气会那样好。

井波的清晨，空气也同样新鲜。

我住的旅社位于著名的瑞泉寺门前，一到早上五点，钟楼的钟声就响了起来，把我叫醒了。

在翁赞的酒店里

由于距离早饭时间还有两个小时，我先吃了两碗米饭垫底。

要是在东京，早、午饭两顿合一，一片吐司就打发掉了。

图书在版编目(CIP)数据

昔日的味道/〔日〕池波正太郎著；金晖译.—海口：南海出版公司，2014.5

ISBN 978-7-5442-7075-5

Ⅰ.①昔… Ⅱ.①池…②金… Ⅲ.①散文集—日本—现代 Ⅳ.①I313.65

中国版本图书馆CIP数据核字(2014)第045256号

著作权合同登记号 图字：30—2014—035

昔日的味道
〔日〕池波正太郎 著
金晖 译

出　　版　南海出版公司　(0898)66568511
　　　　　海口市海秀中路51号星华大厦五楼　邮编 570206
发　　行　新经典发行有限公司
　　　　　电话(010)68423599　邮箱 editor@readinglife.com
经　　销　新华书店

责任编辑　张　锐
特邀编辑　史　诗
装帧设计　段　然
内文制作　田晓波

印　　刷　北京天宇万达印刷有限公司
开　　本　800毫米×1120毫米　1/32
印　　张　6
字　　数　90千
版　　次　2014年5月第1版
印　　次　2014年7月第3次印刷
书　　号　ISBN 978-7-5442-7075-5
定　　价　32.00元